約會大作戰 DATE A BULLET

赤黑新章 8

DATE A LIVE FRAGMENT DATE A BULLET 8

U0079998

Kadokawa Fantastic Novels

「即使如此，我還是想珍惜那些回憶。」

精靈——時崎狂三

「接下來就要廝殺了，還想珍惜嗎？」
狂三的昔日好友——山打紗和

「我想請教妳的感想。」

如果沒有你，我恐怕早就放棄了。

如果沒有那孩子，我恐怕早就消失了。

所以，我之所以待在這裡，有一半是因為那孩子。

而剩下的另一半，則是因為你。

我想表達的事情有很多，我懷疑是否能傳達出一半。

不過，總之光是能見到面，我就非常開心了。

「她說『她在小教堂等你』。」

約會大作戰
DATE A BULLET

赤黑新章

08

東出祐一郎
原案・監修：橘 公司

Kadokawa Fantastic Novels

彩頁／內文插畫　NOCO

——我時時刻刻都喜歡著你。
——我時時刻刻都懷抱著這份愛意來克服困難。
——我想將這份感情當成祕密，又想公諸於眾；想大聲吶喊，
又想收藏在心底，想法改來改去真是折煞我也。
——世人稱之為戀，而某些人會稱之為愛吧。
——我靠著這份愛意存活至今。
——那便是我生存的依託。
戀而生，為戀而死。
愛而死，為愛而生。
如果能這樣生活該有多好呀。
的圓舞曲（華爾滋）開始播放。
是戀愛、子彈、鮮血與友情的曲子。
名為……
約會大作戰
DATE A BULLET
赤黑新章 8
DATE A LIVE FRAGMENT 8
SpiritNo.3
AstralDress-NightmareType Weapon-ClockType[Zafkiel]

○序幕

■蒼

【她不停揮舞著戰戟。察覺我的存在後便回過頭，目瞪口呆地歪了頭。聽說我要採訪她後，頭就越來越歪了。】

採訪？什麼意思？只要說話就好了嗎？跟妳交談？談什麼？只要回答妳提出的問題就可以了嗎？我為什麼要這麼做……也罷，是無妨啦。

那麼，請告訴我妳叫什麼名字。

嗯。我叫蒼，藍色之意。這名字很帥氣，我自己也很滿意。

要談談妳的經歷嗎？

我——是在這個鄰界醒來的。除了名字，並沒有現實世界的記憶。等我回過神時，手上已拿著戰戟，認知到戰鬥就是我的使命。不過，我記得起初我很畏懼，害怕得四處逃竄。

虧妳還能活下來呢～

我的師傅……篝卦葉羅嘉收留了我，對我加以訓練。我有戰鬥的才能，也喜歡戰鬥，才能順利走在人生的道路上。

問妳這種問題似乎有些不妥，妳會對打倒對方這件事心生遲疑嗎？

……不太會。如果對方求我饒她一命，我會放過她；如果沒有求饒，我便殺了她。我與對方都以自己的性命為籌碼一決勝負。雖然會感受到奪取人命的重量，但那份重量正是我的生命糧食……一想到這裡，我就……

妳怎麼了？

不，沒什麼。總之，我無所謂。我覺得我身處於永遠不斷戰鬥的天堂，北歐神話中的瓦爾哈拉神殿。我覺得我天下無敵……直到我遇見了時崎狂三。

……狂三是個什麼樣的人？

時崎狂三是精靈，而我是準精靈，不過體能沒差多少，子彈的速度也不是快到無法閃躲的地步。假如是像傳說中那個知名的精靈一樣「只是散布災厄的現象」，那我吃敗仗也情有可原，甚至有可能逃之夭夭。但她並非如此，我感到屈辱的是這一點，自己在作戰、戰術、鬥智、戰鬥都輸給她……還是以毫釐之差敗北。不過，嚴格來說，那是緋衣響使用時崎狂三力量的時期，可以不算數。

哈哈哈，好了好了……別在意。

不過，即使是時崎狂三本人跟當時的我對打……恐怕也是相同的結果吧。時崎狂三……絕對

稱不上最強。至少比力氣我贏得過她，論近身戰，我也有自信比她略勝一籌。不過，一旦對打，我還是「會輸」。

怎麼說？

龐大的戰鬥經驗、完全掌握武器特質的戰術，有各種原因……我想最後應該還是贏不了她的生存本能和目標吧。我是沒有體驗過啦，好像是被稱為「記憶中的男孩」或是「王子殿下」？她要去見那個人吧？我個人是不建議啦。總之，感覺就是敗給了她的這種意念。

也就是說……妳是敗給了愛的力量，是嗎？

……愛……我是不明白什麼是愛……但應該就像妳說的吧。如果我也愛上某人，是否也能得到那種力量？還是說，就是因為我腦子裡有這種想法，才無法愛上某人？

不知道呢。愛的形式因人（準精靈）而異。話說，我可以換個問題嗎？我想請問妳喜歡和討厭什麼。

我喜歡戰鬥，討厭認輸，除此之外都還好。當偶像登臺表演嗎……算是有點喜歡吧。然後我非常喜歡保養〈天星狼(Lailaps)〉。

唔～～感覺沒什麼興趣呢。啊，妳有什麼話想對十年後的自己說嗎？

十年後的自己……給我自己，我還在戰鬥嗎？若是沒在戰鬥，為任何事情而戰吧，那便是我的願望。

那麼，最後一個問題。蒼小姐，妳——之後想做什麼事？

我想去旅行。沒錯，這是我的夢想。總之就是這樣。緋衣響，妳也要一起去吧？

哎，算是吧……

別擔心，妳就算被殺，也不會死。我保證。

我才不想要這種保證咧！

■佐賀繰唯

【佐賀繰唯正與跟自己長得一模一樣的存在互相調整彼此。她雖是量產型人偶……其實擁有與準精靈同樣的能力、同樣的思考程度。不覺得很厲害嗎？】

呃……採訪嗎？還以為這詞彙跟我八竿子打不著呢……就算說要採訪我，我也不知道該說什麼才好。只要回答妳提出的問題就可以了嗎？既然這樣，那我願意接受採訪。只要不提到關於鄰界的機密就沒有問題。啊，鄰界的機密已經不算機密了，可以透露沒關係，儘管問吧。

首先，請問妳的名字是？

我叫佐賀繰唯，是曾經身為第七領域支配者（Netsah Dominion）的佐賀繰由梨的妹妹……仿造她所做出來的，應該定義為人造準精靈就可以了吧？之前為求方便，所以稱呼佐賀繰由梨大人為姊姊。我雖是姊姊製造的，但奇妙的是——抑或說能夠理解的是，我是被「大量生產」出來的。這是因為姊姊對妹妹的偏愛徒有形式嗎？還是扭曲的愛呢？我一介人造機關人偶，實在無法理解。話雖如此，我誕生於這世上，並非是用完即丟的存在。我能與其他佐賀繰唯同步，傳遞情報。

……噢，對了，時崎狂三能夠製造分身呢。我聽說她也有類似的能力。沒必要與分身……同步？她本來就擁有那種子彈？真是方便呢……

我昔日的職責是收集這個鄰界的情報，或是抹殺不需要、礙眼、絆腳的準精靈。先不論前者，反正後者……我從沒順利完成過……

咦？這是為什麼呢？

我的品味、思考、感情、倫理觀是以原本的佐賀繰唯為基準，因此，那個——實在難以說是擁有充分的戰鬥才能。即使包括我的無銘天使與靈裝賜予的能力在內，我還是覺得自己的專長是諜報。

畢竟妳很像女忍者嘛。

為什麼是女忍者呢？我自己也一知半解。不過，我很喜歡我現在的狀態。

我可以請問妳關於妳姊姊的事嗎？

若是問我，我的姊姊是否已經瘋狂，我的答案無疑是肯定的。她愛上了那個……時崎狂三正在追逐的「無名男孩」，那個遙遠世界的人類……她應該很想前往現實世界吧。為此背叛一切，應該視為罪過——但是，我想去理解她的動機。

原來如此。我可以請問妳喜歡什麼和討厭什麼嗎？

我喜歡……瞑想和閱讀；沒什麼特別討厭的事吧……啊，有一件事。我討厭為了實現姊姊無理的要求而東奔西跑。不過，現在倒是有點懷念那段東奔西跑的日子。

閱讀是滿基本的大眾興趣，妳有喜歡閱讀什麼類型的書嗎？果然是戀愛小說？

並不是，我不懂妳為何會覺得我喜歡閱讀戀愛小說…………妳可以答應我不要告訴任何人嗎？可以？真的嗎？那我就坦承吧。我其實愛看偶像類的，偶像熱血青春成功小說。比如說，把輝俐璃音夢出人頭地的經歷寫成小說的《輝煌革命》（作者：葉瑞ＩＯＢ）就很好看（註：ＩＯＢ為「院、王、絆」的羅馬拼音首字母）。奇怪，作者果然是輝俐小姐吧？

應該不是本人吧……話說，作者的名字……

偶像很棒呢，偶像。閃閃發光的……唱歌好聽……舞技也很精湛……Ｓ級偶像簡直是藝術，對吧……絆王院瑞葉與輝俐璃音夢的一夜限定組合實在是太完美了……

是、是啊。最後竟然暴露了出人意表的興趣呢……姑且不談這個，該說是將來嗎？這麼問還滿奇怪的，不過妳接下來想做什麼呢？請以留言給十年後的自己這種感覺回答就好。

想做什麼嗎？我已經決定好了，我要留在這個鄰界，幫助這個世界繼續運轉。既然姊姊已經不在，我們恐怕會慢慢年久失修，逐漸消失吧。

不過，我覺得這樣也好。留言給十年後的自己……嗯～～十年後不知道我是否還活著，就先保留吧。如果還活著，頂多覺得很幸運吧。

小唯小姐，妳不想去現實世界嗎？

並不會特別想去耶。我沒有那個世界的記憶，也沒有任何留戀。況且，我對自己究竟能否在現實世界生存下去抱有疑問。其他倖存的佐賀繰唯也跟我意見一致，認為我們「不應該去」現實世界。

……啊，沒錯。在這種時刻果然是如此。我剛才說的是不應該去，而不是「不應該回去」。

我想我還是——這邊的居民。

【佐賀繰唯如此說道，對我露出微笑，應該說微微的苦笑，總之是有些心酸的笑容。我能在那個笑容中感受到她看破事實的寂寞情緒。】

有點遺憾的是，鄰界……肯定會變得有些冷清吧。

■輝俐璃音夢

【輝俐璃音夢小姐沒有一絲遲疑，發現我的瞬間立刻笑容滿面地朝我走過來。她的身後是絆王院瑞葉小姐，她目不轉睛地盯著輝俐小姐與我，透明的眼神蘊含著隱藏不了的熱情。嗯～～由我來說可能有些不妥，她未免太喜歡輝俐小姐了吧？】

方便打擾一下嗎～～？

可以啊～～什麼事？採訪？ＯＫ，沒問題！主題是什麼？關於我的新歌嗎？現在還不能透露，不過如果是小響，人家可以通融！

不是的，請不要正面挑戰應守的法規……總之，雖然我已經十分清楚了，還是請妳先介紹妳的名字吧。

我嗎？人家叫輝俐璃音夢，年齡大概十六、十七歲？三圍是祕密，不過，算是偏向有自信吧～～興趣是當偶像，專長是當偶像，喜歡的事是當偶像，也包括唱歌在內吧？對了對了，當時真是謝謝妳啦！

不、不客氣。妳的自我介紹像連珠炮似的一個接一個蹦出來呢……那麼，接下來……

在鄰界無論如何都傾向必須會戰鬥，但我覺得沒必要因為不會戰鬥就感到自卑。我認為世界不能光靠戰鬥來運轉。所幸贊同人家想法的準精靈愈來愈多……也願意理解第九領域（yesod）是不戰鬥的領域。

那個，不好意思，請先聽一下我要提出的問……

不過啊，最近有點那個呢。沒有不順利，真的萬事都一帆風順，運轉、進行得很順利，暢行無阻。不過，那個啊，不就表示沒有比人家跟瑞葉更優質的偶像出現嗎？一整年都占據熱銷排行榜，該怎麼說呢？不覺得反而是一種退化或停滯嗎？人家當然有在出新歌，每次新歌一出就拿下冠軍寶座。不過，人家總覺得……有點心癢難搔呢！

聽我說話啦～～！不過，剛好有說出我想要的回答，就算了！

沒錯，所以人家是這麼想的。如果能去，那就去啊！

就算人家不在了，第九領域也總能想到辦法解決的吧。

——原來如此，妳會這麼選擇啊。原來如此。

小響妳想問的問題就是這個吧？好了，接下來去問問看瑞葉吧！人家又不笨。雖然是滿傻的啦。但我想珍惜瑞葉的心情，想尊重她的想法。好了好了，快去！（推著小響）

那最後一個問題！請對十年後的自己說句話吧！

沒什麼話好說的！十年後的我，十年後再去想就好！

好、好的～～！那接下來換採訪瑞葉小姐～～！

■絆王院瑞葉

【當然，瑞葉小姐一副驚慌失措的樣子。就算並沒有聽之前的採訪，大概也從氣氛感受到我要問重要的事吧？不對，她其實真的有聽到吧？總之，她深呼吸了好幾次之後，向自己的工作人

員使了個眼色。她們不情不願地與瑞葉小姐再拉開一點距離。】

呃，方便接受採訪嗎？

那是當然。妳有事情想問，對吧？我絆王院瑞葉願意回答，我會努力的。

長得一臉美少女的長相，竟然做出加油的手勢，這個人還真是可愛呢……姑且不討論這件事，如果妳能先做自我介紹，我會非常感謝妳。

唔、嗯。我叫絆王院瑞葉，不知道幾歲。身高有公開，但體重是祕密。對不起。

啊，果然是因為身為偶像嗎？

不是的，因為有少數粉絲會刻意讓自己的體重跟我一樣……像是硬逼自己減肥或增肥，這樣對身體不好。所以除了身高，我絕對不透露。

理由比想像中的沉重呢……呃，那麼請妳繼續介紹下去。

好的。喜歡的事情當然是當偶像，不論是唱歌、跳舞還是被拍攝，我全都喜歡。特別討厭的事……倒是沒有。啊，不對。與其說討厭，應該算是害怕吧。我害怕被人討厭。

不、不過，大部分的人應該都不喜歡被討厭吧……啊，妳的意思該不會是不想被特定的人討厭吧？

或、或許有包含這種意思吧。啊，不過，不可以特定某個人喲。絕對不可以喔！

……嗯，我是沒有要追究的意思啦……不過答案很明顯吧……還有，妳不希望別人特定的那個人應該不會討厭妳啦。

真的嗎！那就好……璃音夢總是令人難以捉摸，真傷腦筋。嗚嗚，不知道我的心情有傳達給她嗎……如果有就好了……

（這個少根筋的偶像，名字都不小心說出來了啦！）

然後，妳想問我的事情，應該是……那件事吧？是的，我已經決定了。如果璃音夢要去，我也要去；她不去的話，我就不去。我考慮過很多……比如這樣會不會太被動、太容易隨波逐流，可以這樣隨便決定自己的人生嗎？不過，我還是想跟喜歡的人在一起……咦？我剛剛是不是說了什麼超勁爆的發言？

（現在才意識到嗎？）啊～～不過，應該沒關係吧……

感覺回答得很隨便呢……呃，我就說到這裡了。粉絲願不願意跟隨我……就交給她們自己判斷吧。請大家思考看看……冷靜想想，另一邊的世界大概……不，那個……沒事。我頭腦不怎麼聰明，我想其他人會幫我說明的。

最後，請對十年後的自己說句話吧！

致十年後的我：希望妳能跟那個人在一起。希望妳們就算吵架，也不會分離。

■凱若特・亞・珠也

【凱若特・亞・珠也是第三領域（Binah）的前支配者，向白女王（Queen）下戰書後吃了敗仗逃之夭夭時，遇見了時崎狂三。凱若特好像從以前就是狂三的粉絲，叫狂三叫得很熱情，可是感覺狂三對她很冷淡。姑且不論這件事，重點在於她的四張撲克牌，黑桃A、紅心Q、方塊9、梅花4，它們各自擁有自我意識，並且能夠活動。】

呀喝～～大家，妳們好嗎～～？

啊，緋衣響，妳來啦！妳總是與時崎狂三大人一起行動，真令人羨慕！不過，我不敢說「換我來」！因為我一緊張，不知道會說出什麼不該說的話！只好向妳傳達我「**羨慕……嫉妒……恨……**」的心情。啊，這句話幫我改成嚇人的字體。

妳這個笨蛋王子，突然說這什麼話啊？啊～～……總之，妳要先自我介紹嗎？不要也沒關係啦。

妳對我的態度會不會太隨便了！啊～～咳咳！我的名字是凱若特・亞・珠也，是第三領域的前……不，現任支配者。我的手下們，妳們那是什麼懷疑的眼神？總之，把我想成眉清目秀又才華洋溢的天才準精靈就可以了。然後我是時崎狂三的頭號粉絲！

頭號粉絲感覺很詭異耶，有種安妮・維克斯的味道。

不要把人家比喻成病嬌監禁殺人魔好嗎？再說，我——『啊～～我懂我懂是也。無法否定主人確實有點那種欲念呢是也。』（黑桃A）『只要想成無法否定吾等的主人確實有精神病傾向便可！』（黑桃4）『咦？這麼說來，平常總是跟她在一起的我們其實很危險嚕？』（方塊9）『請幫我們報警～～！』（紅心Q）

頓時吵鬧了起來！這樣會變得很麻煩，可以管管妳的手下嗎！

吵——死——人——了——！給我閉嘴！……呼～～抱歉，繼續採訪吧。正如妳所見，我的能力是撲克牌擬人化……人……反正，就是能讓撲克牌行動自如的能力，這樣解釋應該最淺顯易懂吧？人家都說我好像可以利用撲克牌來戰鬥，但我內心倒是懷疑是否真的有撲克牌上得了戰場。不過，方便是方便啦。不管在何種情況下，多虧了這些撲克牌，我才能保持最起碼的戰力。重點是，還能嚐嚐國王般的滋味，對它們下達命令。

妳想當國王嗎？

不，完全不想。這個事實或許很驚人，真要說的話，我的個性比較內向。該說是內向嗎……算是覺得懶得跟人溝通吧……只是想一直看著我的偶像……

這事實真的滿驚人的耶……虧妳還當過支配者……

我這個準精靈還沒有廢到會對迫害視而不見的地步，啊哈哈哈哈。不過，這次的「這件事」我覺得是個好機會。

啊，所以說——

嗯。我……打算去那邊。呃～～說到底，我算是喜歡浪跡天涯的個性吧。之所以會成為支配者，該怎麼說呢……也算是別人向我求助才糊里糊塗當上的吧。不過，今後應該會比以前更和平才對。想到其餘那些支配者的個性，未來應該會十分安泰。既然如此，我想隨心所欲地生活。只是我有一個疑慮，妳願意聽我說嗎？

好、好啊，什麼疑慮？

——這些傢伙跟去那邊的世界沒問題嗎？

【凱若特．亞．珠也如此說道，一邊指著包圍自己吵吵鬧鬧的撲克牌軍隊嘆息。】

啊～～……很難說呢。有點不知道會變成怎樣。

我想也是。如果這些孩子沒辦法去，我只好收回前言留在鄰界了。雖然沒辦法跟狂三大人見面會有點寂寞就是了。『別拿在下等人當藉口是也～～！』（黑桃Ａ）『別管我們，請自己決定～～！』（紅心Ｑ）『為了我們而不去做想做的事，把它想成是本末顛倒便可！』（梅花４）

『妳如果這樣決定，我想妳會後悔一輩子的嚕～～』（方塊9）

【凱若特・亞・珠也一臉吃驚地望向撲克牌們，她被平常愛胡鬧的撲克牌認真的表情所震懾，清了清喉嚨來掩飾她的心情。】

……那我就收回前言吧。我想去那邊，無論有什麼在等著我，無論會失去什麼，我都想……去另一個世界看看。可惡，沒想到有一天會被這些傢伙開導。撲克牌們，妳們很吵喔，想被折彎妳們的角嗎～～？

【撲克牌們「呀～～」地發出慘叫。那麼害怕被折彎角嗎？】

咳！那麼，最後請對十年後的自己說句話吧。

要我對自己說話啊……只能祈禱十年後的自己別流落街頭了～～！說起來，我們會長歲數嗎！反正，到時候就知道了吧！

謝謝妳接受採訪～～！

話說啊，緋衣響，妳想怎麼做？妳……會去那邊嗎？

嗯～～這個嘛，我在想我應該幾乎不可能去現實世界吧。

為什麼？

「因為我可能本來就沒有軀體」，也就是說，「我如果去現實世界，應該會消失」。

【我說完後，凱若特身體一僵，接著一臉抱歉地低喃了句「對不起」。不會不會，別放在心上。】

不過啊，也許沒問題。因為我有許多祕計。

是嗎？那我就放心了。我想妳無論身在何方，都能堅強地活下去，就像都市的老鼠一樣！

妳這是褒還是貶啊！

■阿莉安德妮．佛克斯羅特

【阿莉安德妮．佛克斯羅特一副打從心底很想睡的樣子。她一屁股坐下後望著其他準精靈，但不時會點頭打起瞌睡。在她旁邊的是雪城真夜和篝卦葉羅嘉，她們兩個都呼了一口氣，望著天空。阿莉安德妮．佛克斯羅特隨意紮起柔順的金髮，屬於氣質柔和的少女。她並非楚楚可憐或美麗的那種類型，而是可愛，而且五官會令人看了冒出愛心。不過，這個人嘴角流著口水呢。】

不好意思～～可以打擾一下嗎？

嗯？嗯嗯？……嗯～～……嗯？

不行，這個人感覺會不小心睡著。葉羅嘉小姐，請幫我叫醒她。

嗯唔……嗯唔……噫呀！喂，葉羅嘉，妳幹嘛啦！小心我告妳喲～～咦？採訪？好麻煩……啊，不過採訪的人是小響啊～～……那就沒辦法了。我就回答妳吧～～

真不曉得是有禮還是粗暴……算了。那麼，請自我介紹！

我叫阿莉安德妮·佛克斯羅特～～就這樣～～

喂～～再怎麼用破壞力十足的可愛睏倦聲音，也不可能只講完名字就結束了吧！應該還有其他事情可講吧，比如當支配者之類。

嗯～～……我是第四領域（Chesed）的支配者，使用無銘天使〈太陰太陽二十四節氣〉～～類似水銀線，可以切斷和綑綁，用途廣泛。另外，可以將感情分類成季節來測量、操縱～～

這就是妳在賭場玩撲克牌決勝負時，強得誇張的理由呢～～不過，那也是狂三自己的關係，有各種因素導致的啦。

就是說啊～～三三的腦袋怪怪的呢～～真的。不過啊，那場對決精彩得令人難以忘懷呢～～真想再對決一次～～

可以問妳喜歡和討厭的事物嗎？啊，喜歡的事物就算了，我大概知道。

我喜歡收集寢具商品耶～

咦？那睡覺呢？

人類睡覺是一種習慣吧？跟喜好沒什麼關係。還是說，如果小響妳討厭睡覺就不睡了嗎？我覺得這樣對健康非常不好喲～～……

突然說大道理打臉我是怎樣？

討厭的事物嘛，嗯～～……應該是睡覺時被打擾吧。呃，不過……可能不算喔～～因為葉羅嘉和小夜夜打擾我睡覺時，我完全沒關係。啊，我剛才是不是說了什麼羞恥的話？唔～～既然如

此……啊，討厭的事物沒有……討厭的人倒有一個～

討厭的人？是哪位？可以說出來嗎？

宮藤央坷。我後來變討厭她了。嗯。因為啊，那孩子……本來非常善良喔～總是很嚴肅地思考鄰界的未來，拉著我們一起參加前任傳承下來的領域會議，努力領導大家。說什麼地位愈高，責任愈大，總是繃緊神經～……地位高又沒什麼，她卻認為自己很特別、很厲害，「所以完全不辛苦」，總是很努力。跟我這種人徹底不一樣。我每次打瞌睡時她都會警告我，訓斥我身為支配者應該要是什麼態度……結果，卻在不知不覺間被人玩弄於股掌之上、被人洗腦、被人利用而死。她剛死掉時，我並不怎麼震驚，但隨著時間流逝……總覺得情緒慢慢湧上心頭～

……這樣啊……那真是……嗯，也對。確實會討厭她呢。

不過，我也因此才下定決心。我想這應該是妳最想問的事情吧。我打算留在鄰界～我想見證那孩子一路努力至今的世界直到最後一刻～就算之後可能會消失逝去。即使如此……即使如此，我還是無法忍受努力的人努力過的證據就此消失。

……我明白了，謝謝妳的回答。那麼，麻煩妳對十年後的自己說句話吧～

希望十年後跟大家的感情一樣融洽。大概就只有這樣吧。妳還有其他事情想問嗎～～？

沒有事情想問了，但有事情想傳達。希望世界和平。

了解了解。那麼我先打個盹，有事再叫醒我，晚安～

■篝卦葉羅嘉

【篝卦葉羅嘉，資歷最深的準精靈，也是率領眾多弟子的巫女服戰鬥狂。個性成熟又孩子氣的她是個百戰百勝的支配者。她一看到我，便沒好氣地舉起手跟我打了招呼。】

辛苦了～

是、是，辛苦了。唉，我真的也老了啊。這個世界大概沒有因年齡造成的肉體老化，但我想無法避免精神上的老化吧。姑且不論這個，妳是要採訪我嗎？

沒錯沒錯。呃～～可以麻煩妳先自我介紹嗎？

篝卦葉羅嘉，年齡不詳，是第五領域（Geburah）的支配者。身高、體重、三圍都沒量過，所以不清楚。我有兩公尺嗎？應該沒有吧。無銘天使是〈咒言蠕動機關〉（Slapp Curse Maker），能製作靈符。

啊，感覺好像是第一次聽到呢。不是使用無銘天使攻擊，而是用無銘天使來製造靈符啊。

算是禮讓敵人，減緩我的攻擊威力吧。相反地，我的無銘天使可是萬能的屬性。我有信心無論在何種戰況、何種狀況下，都能運用自如，構築己方陣營，占上風獲勝。結果，沒有一個弟子能達到我這般的境界～～蒼也完全往別的方向發展了。

狂三可能接近妳的境界喔。那個人也有十足的能力「讓戰況變得有利於自己」。

啊～～我懂我懂。說是萬能可能有點狹隘，就是利用戰略和戰術強硬翻轉戰局的感覺。老實說，我超喜歡這種戰鬥方式。真想跟她打一場看看～～不過，這樣肯定會變成互相廝殺，不太好呢～～

狂三喜歡戰鬥和獲勝，但好像討厭苦戰，所以若非有充分的理由，我想應該很難跟她打上一場吧～～她曾說過：「跟葉羅嘉這種戰術互相衝突的人戰鬥，真的很棘手。必須將計就計，出其不意，再出奇制勝才行得通。」所以我想應該沒辦法跟她交手吧～～

這樣啊～～不行嗎～～不過，要是變成互相廝殺也是挺傷腦筋的！

雖然發生過許多事，妳現在依然必須靠戰鬥來自我建構嗎？

目前是。也許狀況再有些改變就能找到其他生存方式，但現在說這種話也無濟於事。

也就是說，妳是選擇留下來的那一組吧……

算是吧。不過，說找不到戰鬥以外的生存方式，其實是次要的理由。我是有更重要的目的才留下來的。但我對另一邊的世界的確毫無留戀就是了。

妳說的更重要的目的是——

不用說，當然是因為朋友要留下來啊。既然如此，那我也留下來。我的弟子……有一半打算去，也有人想留下來。不知道等待著我們的會是嶄新的明天，還是與昨日相同的今天，不過我相信這是我最好的選擇。

哎，既然有朋友留下來，就有朋友要離別，讓我有點難過呢。

但我想守護這個世界。想必已經死去的準精靈跟把未來託付給我們的前任支配者都是如此希望的吧，當然也包含宮藤在內。

宮藤小姐還滿令人意外的……這麼說有點失禮，但她之前很仰慕妳呢。

畢竟我們是老交情了，所以在第七領域發生的那件事我才忍了下來。我也是從那時起才覺得無法原諒白女王，在那之前雖然因為她蒙受了莫大的損害，也只覺得她是個莫名其妙，令人毛骨悚然的存在罷了。

宮藤央珂是個看起來自以為是，「實際上也很了不起」的女孩。她本人說過她擁有現實世界的記憶，在那裡是個有點聲望的名門淑女。

說什麼「要是我生在對的時代就是公主殿下了呢」，帶著現實世界的記憶拚命想統治鄰界。

這個世界沒有成年的準精靈，也不會增長歲數，頂多只有刻劃進靈魂的經驗勉強算是我們所謂的「年齡」這種概念。全體都是小孩，只有一部分不得不成為大人。

所謂的支配者，簡單來說就是變成大人的準精靈……不過，也有像輝俐這種沒有變成大人就成為支配者的案例。

央珂她真的很努力。支配、統治、操作，偶爾肅清，祈禱這個鄰界能變得更好。

……不過，這種個性交不到朋友就是了。

啊～～她跟狂三一副水火不容的樣子……

是啊，她的個性絕對跟時崎狂三不對盤，只是時崎狂三比較能言善道就是了～～她肯定會氣得牙癢癢，拂袖而去吧。嗯～～真希望在更適合的情況下讓兩人相遇呢，真的。

所以，妳也選擇留下來吧？

是啊。想必也有其他準精靈選擇留下，讓她們感到混亂就太可憐了。從現實世界的角度來看，這個鄰界肯定是錯誤的世界、應該消除的領域吧……然而就算如此，我還是認為沒有必要選擇滅亡。

哎，說得也是，又不是我們願意滅亡的。而且應該也有許多在現實世界找不到一席之地的準精靈。

妳應該也是這樣吧，緋衣響？

【篝卦葉羅嘉瞇起眼睛，像在試探我真正的想法。我毫不畏懼，直勾勾地瞪回去。不對，我沒有在瞪她，但是還有勇氣與她對視。沒有一席之地的事我老早就知道了，即使如此，我還是做出了選擇。】

沒問題，我早就做好心理準備了。也許這次會有不一樣的結果♪

……嗯，既然妳都這麼說了，我也不好阻止妳，我會好好送別的。妳也真是的，偏偏迷上一個麻煩的傢伙。

迷上的對象是個惡女～～♪就是這種情況。

妳的麻煩程度也不相上下，真是絕配……

好像聽到有人在說我壞話呢，當作沒聽到。那麼，最後請對十年後的自己說句話吧。

十、十年後啊……嗯～～希望十年後，我們三人也能一起歡笑。雖然不知道未來會發生什麼事，只要我們三人在一起，感覺就能共度難關。

■雪城真夜

【雪城真夜是第二領域（Chhokmah）的支配者，總是抱著看起來很重的書。身材苗條，頂著一頭帶著藍色

的短髮，戴著紅色倒框眼鏡，非常適合她。她一看到我的臉，便歪了歪頭一臉疑惑，一副啞口無言的樣子。這個人真可愛。】

怎麼了？發生什麼事了嗎？

我在採訪大家。個別採訪，盡量採訪到我認識的每個準精靈。

這樣啊……是無所謂啦，但我說的話應該很無聊喔。

無不無聊是由我來決定，而不是妳～～好了，麻煩妳先自我介紹吧！

呃～～……我叫雪城真夜，身高一百四十一．四公分，體重三十九．八公斤，三圍沒有量過，所以不知道。職業……職業？是支配者，負責第二領域。興趣是讀書，專長是讀書，無銘天使也是書本，名字叫〈完全無欠書架（Perfect Bookblock）〉。宣言「開封」後，能取出第一到第十的書籍，行使能力，非常方便。

和葉羅嘉小姐的一樣，是屬於召喚系的萬能型無銘天使呢～

我跟專門戰鬥的她不同，會將重點擺在更廣泛的要素上，比如設計規則、追蹤或隱蔽。能直接攻擊的頂多只有第一、第五，還有第八的書籍吧，其餘全是用戰鬥以外的手段度過危機。啊，機會難得，我乾脆順便講解我開封的十本書吧？

不用了，下次有機會再說。感覺很麻煩……

聽妳這麼一說，我就更想逼妳聽了。很好，我會一鼓作氣地說明完畢，希望妳做好心理準備。那麼，首先是第一書．〈她說要有光(Novum Testamentum)〉，是將書本的紙片變成光劍來攻擊敵人，近身戰用。第二書．〈抱書橫渡世界(Book Walking)〉，同時開封複數書籍時使用……雖然很麻煩，但如果不使用這一招，我就只能一本一本地使用。第三書．〈事象隱匿理論(Cats Rule)〉，用簾幕封閉周圍的空間，就算發出巨大聲響也不會被發現。第四書．〈絕對正義直下(Right Law Apostles)〉，就是妳知道的設定規則之書。第五書．〈火屋殺人事件(Firehouse Mystery)〉，是攻擊型的書，顧名思義會噴出火焰燃燒，順帶一提，火焰不會延燒到書本。第六書．〈黃金太陽立方體(Golden Cube)〉，也就是所謂擁有再生效果的回復用途之書，可以識別敵我。第七書．〈亂高下明星(Hopping Starlight)〉，使用這一招，我能跳得非常高，很可怕。第八書．

〈榮光榮譽超重壓〉(Glory Gravity Glory)，將目標的重力變成一百倍，讓對方用自己的重量壓扁自己……太殘忍了，我不常用這招。第九書．〈靈魂的一鱗片甲〉(Soul Stalker)，用來追蹤特定目標之書，缺點是速度很慢。然後是第十書．〈於是擁有如紙神盾〉(Old Paper Aegis)，是所謂的防禦系書籍，能依照書頁的名稱自由自在地加工這一點還滿強的，與第三書同時使用還能打造出一塊野營地。

妳講得落落長，超麻煩的，但我還是先做個筆記！

我的能力大概就是這樣。我想之後應該也能派上用場吧。我打算在這個鄰界待到壽命已盡為止。

所以妳理所當然地決定留下來嗎？

沒有理由不留下。應該說，我就坦承吧……前往另一個世界……從頭開始建構許多事物……感覺……好累……好麻煩喔……

這理由比想像中還實際呢！

打個比方，假如我是一個名為雪城真夜的失蹤人口好了，也假設我有家人，可是我完全不記得家人的事。也許去到那邊我也因此想起來，但我無法判斷那些家人是好人還是壞人。

況且，在家人也以為我已經死去的情況下活著回去的話，或許會陷入許多複雜的事態。比如說……如果是從另一個世界消失五分鐘後回去，那倒沒什麼問題，但如果是十年或二十年後……我還維持當時的姿態回去，絕對不妙吧。如果我又是出身富豪家，繼承遺產肯定會很麻煩。

嗯，我大概知道了！……確實，前往那邊的世界，就代表必須將在這裡培育起來的事物全部拋棄呢。

另外，還有一點必須考慮到。這個無銘天使與靈裝是我們身為準精靈的必要之物，在那邊還能使用嗎？

……這……我也不知道……呢……

假設能使用……就表示有無數棘手的人型決戰兵器會被送往現實世界；假設不能使用，就代

表會大量產生沒有住所、未來和目標的少女。世界的惡意不容小覷，我想大多數少女都會遭遇危險吧……所以，只能依靠那兩人了。

那兩人？

當然是輝俐璃音夢和絆王院瑞葉。由那兩人前往現實世界，也是支配者討論出來的結果。跟她們有沒有能力無關，而是因為她們擁有某項珍貴的資質。妳猜那是什麼。

那當然是當偶像吧……噢，原來如此。

沒錯，她們擁有在另一個世界也通用的才能。她們的那些後備人員也會跟去，所以很可能成功……就算失敗，只要有輝俐璃音夢的活力，我想大部分的事情都能一帆風順。絆王院瑞葉個性冷靜、謙虛，能以退一步的角度觀看事物。而且還有兩名支配者要去，她們也很可靠。當然，那邊的世界……現實世界橫行的惡意與詐術比鄰界多好幾倍，不免會擔心。就這層意義來說，我想將之後的事託付給時崎狂三。

狂三嗎？真的假的？

……雖然是我提出來的，我也覺得恐怕沒辦法如我所願。畢竟天上天下唯我獨尊才符合時崎狂三的本色。不過，如此她願意提供一些幫助就謝天謝地了……希望妳幫我轉告她。

沒問題。我想狂三應該會想辦法解決吧！

嗯。雖然發生過很多事，能像這樣笑談過往真的非常開心。幸好當時有時崎狂三在，當然，緋衣響妳也是。

喔、喔喔，突然真心感謝我，我還沒做好心理準備呢……不會，謝謝妳。不過，我也沒做什麼了不起的事就是了。就算我當時不在現場，妳們應該也能順利度過難關。

緋衣響，妳這種態度就叫謙遜過了頭的傲慢。妳是時崎狂三的手杖、寶劍、制止她的角色、後援者。妳也要去對吧？

雖然百分之百可能會死，嗯，不過，我會跟去。

是因為沒有肉體嗎？

……嗯，算是吧。那邊大概沒有我的容身之處，但是要我在沒有狂三的世界虛度光陰也於事無補。所以，算是賭上一把。

沒必要放棄。說到沒有肉體，包含時崎狂三在內，所有準精靈都是如此。不過，靈魂與肉體有個非常大的差異，那就是靈魂……「無法被製造」，因為不清楚構成靈魂的要素是什麼。可是我們清楚肉體是用何種物質構成的。既然清楚，就有辦法解決，因為我們有那種能力。

妳是指——

「利用靈力來組成元素」。無論去到何處，肉體終究是用可能存在的物質以可能存在的形式構成的。那麼，應該很容易建構。所以這個給妳。

這是什麼？

肉體組成方式，肉體是用何種物質構成的。只要把這個背起來，之後努力就好。這才是所謂的賭上一把。

……原來如此……！我看到一絲希望了！

是不是！不過，我為了查這個，看遍了所有醫學相關的解剖書，對我的心靈造成極大的負擔，我有點想吐，要先去休息了。

【雪城真夜如此說道，精神恍惚地露出疲憊的笑容，隨後瞬間在地上躺平。我看著收到的肉體組成方式，思考自己是否真的有機會重生。】

最後請對十年後的自己說句話。

有十年這麼長的時間，我也差不多該著手進行下個行動了吧。具體來說就是寫作。我是不是

只定好大綱，連一行都還沒寫呢？

咦，妳打算寫作嗎？

我打算寫一個鄰界轉生少女天下無雙的故事。

我認識這樣一個人，她叫時崎狂三。

這樣故事會複雜得要命，我想讓更單純無害的準精靈當主角。

【不，我覺得狂三很適合當主角！不二人選！】

■銃之崎烈美

【銃之崎烈美是第八領域（Hod）的代理支配者，而且是由衷戀慕絆王院華羽，與她情投意合的準精靈。大概正因為如此，我聽到她說的第一句話時，不免感到有些驚慌失措。】

我啊，打算從鄰界前往另一個世界。

咦，真的假的！

嗯，千真萬確。啊，我可不是忘了華羽喔。我記得一清二楚，完全沒有忘記她的長相，也趁還沒忘記時畫了她的肖像畫。哼哼。

老實說，我以為妳鐵定會留在鄰界，因為這裡是華羽小姐死去的世界。

如果是我死掉，華羽還活著，我會希望她不要在意我，去見識更多新世界。我絕對會這麼說，而且我相信華羽說來說去還是會接受我的提議。

……妳認為華羽小姐也會說出同樣的話嗎？

對。如果是我喜歡過的那個華羽，絕對會接受。儘管會哭著抱怨我太殘酷，最後——還是會

接受，因為我這麼做會比較幸福。

愛戀之心所向披靡是嗎？

沒錯沒錯。我的戀愛是積極、無敵又帥氣的！所以，我要在那邊努力看看！也有不少第八領域的準精靈希望移居到那邊。

我的使命是守護華羽想保護的孩子們，讓華羽希望能幸福的我獲得幸福。而我的幸福，肯定就在冒險的前方。

啊！

怎麼了？

我忘記自我介紹了。我的名字是銃之崎烈美，是第八領域的支配者！請多指教啊！興趣是開槍！

現在才想起要自我介紹也太晚了吧！不過，是無所謂啦。儘管發表言論吧！

人生有起有落！船到橋頭自然直！不變的是，我依然最愛華羽！

到了另一個世界後，我會想辦法宣傳那孩子的魅力！

最後請對十年後的自己說句話。

十年後我也依然愛妳喲，華羽！

【銃之崎烈美露出燦爛的笑容，對於前往現實世界一事完全無所畏懼。輝俐璃音夢也好，銃之崎烈美也罷，開拓者精神都太旺盛了。不過，或許因為如此，決定從鄰界前往另一個世界的準精靈們也不怎麼感到恐懼，大概是——她們也會一同前往的關係吧。】

■岩薔薇

【好了，緊接著要來採訪時崎狂三的分身——嚴格來講，應該是分身的分身吧。是我認識的時崎狂三所衍生出來的已不再是時崎狂三的少女，那便是岩薔薇這個存在。】

所以……妳是最後才來採訪我吧。就當作我是壓軸人物吧。

不是，最後是狂三。不過，能不能採訪到還是一個問題就是了。

哎呀，是這樣嗎？那麼，我先自我介紹吧。我的名字是岩薔薇，可說是曾為時崎狂三，而後逝去的分身吧。我先前遭到白女王囚禁，一度失去力量，身為時崎狂三的自我粉碎得支離破碎。然後，拿槍挑戰響所認識的時崎狂三，吃了敗仗——就這樣恢復自我。

死前和死後，有哪裡不同？

這個嘛，我想應該是想法有一百八十度大轉變吧。人類不就是這種生物嗎？我認識的妳和我不知情的另一面的妳，截然不同得判若兩人吧。

啊～～……唔～～……這個……確實是啦……

這並不是什麼壞事。人會成長，準精靈也會成長。即使肉體沒有變化，精神面也會受到經驗影響。因為妳和「我」一路展開了許多冒險旅程。

不過，這意味著我必然會脫離時崎狂三這個「軸心」。若是有過同樣的經驗，採取同樣的行動，就不會脫離軸心——

但我累積了太多不同的經驗，恐怕沒有資格作為時崎狂三的分身。而且這件靈裝的顏色也是如此，我喜歡白色和黃色……就這麼喜歡上了，而不是原本的黑色與紅色。

——妳要留在這裡嗎？

是的，我要留下來。我想隨心所欲地在這個領域旅行、生活，忘記目的，忘記夢想，拋開宿命與感情。我——只想試著存活下去。

正如妳所知，「我」們是有使命的。不過，我總覺得那應該早已逐漸在達成了吧。既然如此，就不需要分身了吧。也就是說——我自由了。要去何方，要做什麼，都是我的自由。

我的名字是岩薔薇，曾為時崎狂三而不再是時崎狂三之人。簡單來說，就是這樣。

最後請對十年後的自己說句話吧。

十年後的我，妳或許會後悔當初做出這個選擇，或許會悲嘆要是當初返回那邊的現實世界就好了。不過，此刻的我必然會做出這個選擇。妳的後悔不過是基於「得不到的最好」這種心態，請將這件事銘記在心。

【岩薔薇如此說道，露出虛幻的笑容。些許寂寞與不安，卻依然奮發迎向未來的希望。她的表情彷彿充滿了這樣的情緒。我看見她的表情後，心想：啊啊，原來如此，這個人已經不是時崎狂三了。即使和她長得一模一樣，卻與她前往不同的目的地。我不知道這究竟是好是壞，雖然不知道，但我想岩薔薇做出最符合她目前心境的選擇了吧。】

○於是，和昔日好友廝殺

鄰界發出哀號。

展開只能如此形容的慘烈戰爭。周圍的空間扭曲、擠壓，所有障礙物全被粉碎。包含支配者在內的準精靈自然不用說，連緋衣響也急忙遠離現場避難。

位於靈力翻騰中心的，是惡夢與女王。

在戰鬥之前還存在著協助或一齊攻擊這類的提案，但如今的狀態已顧不得這些。打個比方，就像是龍捲風侵襲屋內，大砲攻擊自己的房間，實在是太猛烈、太暴力，腦海裡只浮現逃跑這個選項。

時崎狂三與白女王——山打紗和的戰況就是如此激烈。

「——〈刻刻帝(Zafkiel)〉。」

「——〈狂狂帝(Lucifugus)〉。」

掌控時間的怪物，時崎狂三。

掌控空間的妖怪，白女王。

兩人目前正如字面上所示——傾盡拚死之力在廝殺。

「【一之彈（Aleph）】！」

「【天秤之彈】！」

女王與周圍的物體交換位置，迴避狂三的攻擊，接著用手槍掃射狂三毫無防備的側面。不過，狂三憑著加速後的體能躲開了女王發射的子彈。

狂三的身影如同陽焰現象般一晃，女王的子彈消失在虛空中。這時，雙方都清楚理解到一件事。

那就是這場戰鬥不是亂槍掃射就能解決，勝負不會因為這種偶然的命中率而揭曉。是互相較量兩人的戰術和本領，近似於下將棋或西洋棋。

不過，時崎狂三與山打紗和的對戰和這類完全訊息賽局有一點決定性的不同，那就是兩人都隱藏著真正的實力。

狂三並非完全知曉女王操作的天文鐘魔王——〈狂狂帝〉的所有能力，只是非常籠統地知道大概是會對空間而非時間造成某種影響。老實說，什麼能力都有可能。狂三在內心嘆息道。

另一方面，狂三對女王也占有某種優勢。女王藉由拷問曾為狂三分身的岩薔薇，熟知〈刻刻帝〉的所有能力——她應該是這麼想的吧。

然而，事實並非如此。狂三在第五領域，劍與魔法的幻想領域做了一個決定，「扭曲」了

〈刻刻帝〉的能力。

【十一之彈(Yud Aleph)】這顆子彈看似與【七之彈(Zayin)】相似，實則不然。不論是軍刀還是手槍，它能在所有攻擊接觸到狂三的瞬間，讓時間停止——也就是讓攻擊失效。簡直是無與倫比，防禦力百分之百的子彈。

另外還有【十二之彈(Yud Bet)】。如果說十一之彈是防禦力百分之百的子彈，那十二之彈便是攻擊力百分之百的子彈。狂三敢肯定地說：「只要命中，絕對能擊倒對方。」問題在於考慮到靈力與時間的總量，只能發射一次。而且就算攻擊力百分之百，也未必能命中，對方可能會躲過攻擊。

時崎狂三心想：要打倒白女王山打紗和，只能用【十二之彈】了吧。

所以，這是場鬥智廝殺，鬥的是如何讓【十二之彈】命中她。

時崎狂三如此思索，慎重再慎重地戰鬥。不過，那必然會使她綁手綁腳。也就是說，她無法使用【十一之彈】。說得更正確一點，是使用的時機受到嚴格的限制。

白女王的戰鬥經驗不可能比時崎狂三少。既然她曾經和其他支配者展開殊死戰，也不可能是對超能力毫無招架之力的外行人。

換句話說，當狂三發射山打紗和認知外的【十一之彈】時，很可能被她看穿【十二之彈】才是殺手鐧。女王就是在這種世界一路戰鬥至今。

因此，狂三不得不慎重選擇出手的第一招。必須先用【一之彈】這類她已經熟知的〈刻刻帝〉子彈來對抗她。

不過，沒有時間像這樣拖拖拉拉了。狂三在內心咬牙切齒，因為——

◇

山打紗和不知道【十二之彈】，當然也不知道【十一之彈】。不過，她了解時崎狂三，甚至敢肯定地說她對時崎狂三瞭如指掌。

（嗯～～她應該有所保留吧。）

也就是說，紗和能判斷到這種地步。不過，情報實在太少了。雖然知道狂三有殺手鐧，卻無法判斷是何種殺手鐧。

紗和覺得現狀是7：3，自己占上風。首先是體能上的差距。狂三利用【一之彈】加速，而自己沒有強化身體的能力，兩人的速度卻幾乎不相上下。當然，狂三有【二之彈】（鈍化）和【七之彈】（停止），如果被擊中，自己會立刻轉為下風。

不過紗和的〈狂狂帝〉有防止那些子彈的招式。使斬擊倍增的【巨蟹之劍】、連同子彈削減空間的【獅子之彈】，以及利用交換位置達成瞬間移動的【天秤之彈】。

手上有很多有用的牌，而且重點在於狂三並非完全掌握了她手上有什麼牌。這部分占了很大

的比重。

「將軍（GENERAL）」並未使出所有的劍和子彈戰鬥。因此，時崎狂三必須隨時警戒女王的絕招來行動。不是透過使用能力，而是透過不使用能力將狂三逼入絕境。這便是紗和對狂三採取的戰術。

狂三與紗和在能夠觀察彼此的表情、虹膜映著什麼的極近距離下互相開槍。移動身體偏離推測的彈道，毫不畏懼地向前踏出一步，以手刀或槍身彈開彼此手槍的軌道，迴避來到眼前的死亡子彈。

那是藉由槍枝造成的近身戰，照理說是時崎狂三本來不擅長的距離，然而——

「【一之彈】、【二之彈】，連發兩顆子彈……！」

「哎呀……！」

狂三朝自己開槍，同時立刻給女王留下贈禮（Debuff）。女王躲避不及，子彈掠過她的那一瞬間，她發現自己向上揮起的軍刀變得異常緩慢。若是普通的準精靈，恐怕在這時就會因意識與動作不一致而感到腦袋一片混亂了吧。

「【雙子之彈】。」

不過，女王不疾不徐地中止攻擊，朝自己開槍。冠以雙子之名的子彈「模仿」白女王的肉體，並且將意識轉移到新的軀體上。

舊的軀體瓦解，新的軀體生存。

「……！」

「沒必要如此驚訝。我的〈狂狂帝〉能掌控空間。既然鄰界是不存在物質肉體的世界，要模仿便輕而易舉。就連妳——」

紗和反射性地吐出話語。她發現自己到了這個時候還想跟狂三繼續對話，不禁露出苦笑。

說是這麼說，身為白女王的思考卻不斷發出警報。

狂三所使用的【一之彈】並非單純「加快腳步」，【二之彈】也不是「讓動作變慢」的東西。所謂的讓時間加速，代表的是一切事物都會變快，在戰鬥中重要的所有能力都會加速。開槍這個動作存在著舉槍、瞄準、扣扳機這三個要素，做出這個動作的必要能力——手臂的擺動、動態視力、扣扳機的速度，「全都加速」。

在這樣的前提下，自己依然處於有利——

——紗和僵在原地。

因為她看見狂三正舉起〈刻刻帝〉指向自己的太陽穴，然後歪起臉頰，像小丑般露出天不怕地不怕的狂妄笑容。

看見這個笑容，紗和瞬間打算一躍而起。這個行動是正確的，只是她做出選擇的時間慢了一點。

在她跳躍的同時，腳踝感覺不對勁。一隻細長白皙的手臂從影子裡伸了出來，不知何時竟不敬地緊抓住女王的腳踝。

「【八之彈（Het）】……！」

直到這場戰鬥，時崎狂三才解除了加諸在自己身上的束縛。解除禁忌的子彈【八之彈】。

原本就無法預測會如何。是身為分身的時崎狂三的過去會降臨，還是本體的過去會現身？

無論如何，這顆子彈將會在鄰界引發更多混亂。況且，也不敢保證自己這個分身使用【八之彈】後會平安無事。

時崎狂三將這類懊惱、苦惱、恐懼全都摒棄。

打倒白女王。即使奉獻出自己的一切，也要打倒她。

並非因為自己是精靈，而是因為那是身為時崎狂三的義務與職責。基於必須奉獻一切的使命感——

時崎狂三行使【八之彈】。

「嘻嘻嘻嘻嘻——！」

分身立刻理解自己該做什麼、該對誰發動攻擊，直接模仿狂三的思考，付諸行動。

「礙事。」

山打紗和用可說是十分隨便的射擊方式射穿剛誕生的分身的眉心。不過，即使女王的能力再優秀，「將注意力放在其他目標上」在戰鬥中只能稱為「破綻」。

狂三毫不猶豫地踹向紗和的腹部。

「……！」

女王被踹飛出去，在空無一物的平原上翻滾。疼痛與窒息般的痛苦都只有一瞬間。女王準備子彈好迎擊狂三的乘勝追擊——卻未等到預料中的攻擊。

女王站起身，瞠目而視。本應在眼前的時崎狂三不見蹤影。

「原來如此……妳已經下定決心了嗎？」

不見蹤影這個說法並不正確，因為有一大群時崎狂三包圍著女王。紗和緩緩地淺淺一笑。

「嗯，真不錯。像這樣被狂三包圍，真的有種在認真廝殺的感覺呢。當然，我也會拿出真本事。」

笑容和緩，語氣也很平穩。然而，蘊含其中的感情、話語卻猶如銳利的刀刃。

狂三心想，她們兩人正在廝殺。

事到如今，真正直到現在，她和山打紗和才正在廝殺。

「……我要上嘍。」

「放馬過來吧。」

狂三群同時射擊，畫面令人眼花瞭亂。沒有死角，有的話，頂多只有地面吧。但紗和並不打算像　鼠一樣鑽地洞，甚至沒有迴避的意思。

「〈狂狂帝〉——複式天彈，【獅子之彈】／【雙子之彈】。」

「……！」

狂三群驚愕得瞪大眼睛。子彈宛如龍捲風將女王包圍，兩頭雙子模仿的獅子吃掉狂三的子彈，使得所有射擊失去效力。

〈狂狂帝〉的能力——結合在一起了。

「怎麼會……！」

其中一名由【八之彈】產生的狂三分身愕然呢喃道。女王毫不留情地射殺碰巧位於女王身旁的她。

「那麼，換我出招了。狂三——」

女王露出春日暖陽般的微笑開口：

「『妳可別太輕易死掉喲』。」

聽到這挑釁的臺詞，狂三群憤怒地再次將槍口指向女王——然而，佇立原地的女王瞬間逼近她們。

閃閃發光的鋼製刀身——貫穿一名狂三的心臟，她立刻煙消雲散。

「混、帳……女王……！」

狂三群急忙散開，同時開槍不斷射擊。女王將【獅子之彈】與【雙子之彈】搭配使用，隨時防禦自己的周圍。

那幅情景宛如一群將踏進範圍內的東西吃乾抹淨的獵犬。

不過，狂三群在數量上是壓倒性地占上風——她們冷靜、冷酷地一邊拉開距離一邊繼續射擊。即使【獅子之彈】包圍著女王，也並非銅牆鐵壁。

子彈找到些許縫隙鑽進去。

女王認為那不過是輕傷，完全沒有理會，自顧自地「尋找」時崎狂三。即使殺再多【八之彈】產生出來的分身也沒有意義，這點道理她還懂。

她果斷地判斷重點在於解決不斷產生分身的狂三本體（嚴格來說，那名狂三也是分身就是了），療傷等之後再說。

追根究柢，只要打倒那名時崎狂三，便能結束這場戰鬥。白女王戰勝，準精靈們敗北，鄰界崩毀。

女王尋尋覓覓——最後停下視線。十二公尺前方佇立著一名時崎狂三，唯獨她並未透露出焦躁的情緒，以做好覺悟的眼神凝視著女王。她的周圍配置了幾名分身，好讓自己沒那麼顯眼。

「找、到、了♪」

女王發出輕快的聲音說道，接著猛衝過去。【獅子之彈】消失，同時掃射的子彈直接命中女王的肉體。不過，女王毫不畏懼，也不因痛苦而止步——痛苦什麼的早已煙消雲散——來到時崎狂三的身邊。

「……！」

舉槍的狂三與揮舞軍刀的女王。

女王突刺的速度比狂三快一些。在極近距離下響起的槍聲——女王的身體並未感受到疼痛。

女王確信這一擊足以讓狂三致命。隨後，她對自己犯下的失誤感到愕然。

被軍刀貫穿的狂三扔下老式手槍，緊握住軍刀。而女王竟反射性地想要拔出應該要鬆手的軍刀。

「妳猜錯了，紗和。」

聲音是從側面傳來的。不知何時接近的時崎狂三亮出〈刻刻帝〉，指向女王的太陽穴。

消失了。紗和刺中的時崎狂三笑著消失了。她無庸置疑是【八之彈】所產生的分身。

「我深信妳一定會找出那個『我』，相信如果是紗和——即使是在這個戰場，也一定能找到『我』。」

啊啊，原來如此。這是常識，山打紗和想得到的事情，時崎狂三當然也想得到。既然如此，當然也能擬定防止戰術。

藏木於林。

若樹葉既非褐色，也非綠色，而是一看就能辨別的鮮豔顏色，該怎麼辦？

回答：準備顏色同樣鮮豔的樹葉，讓它特別醒目就好——

女王隱約思考著這種事。她明白已來不及迴避或防禦。

而時崎狂三也並非那種會大發慈悲，表現出遲疑的人。

開槍。

狂三毫不猶豫地朝女王的頭頂發射〈刻刻帝〉，並且為了追擊，與分身們一起舉起槍——

然後發現地面開始鳴動。

「這是……！」

「呵呵，真遺憾。妳們慢了一步。」

頭頂被射穿的少女口吐鮮血說道。女王的背後發出光芒，同時顯現出一扇巨大的門扉。形狀與「以往」的相同，風格卻大相逕庭。

女王的背後正是連結領域與領域之間的通行門。是狂三的目的地，也是她的目標。

「第一領域(Kether)的……門……！」

而且最糟糕的是，門是處於開啟的狀態。

「重新對決吧，狂三。呵呵，好了……繼續我們的廝殺（DATE）吧？」

山打紗和太陽穴中彈，卻依然笑著跳向後方。

「等一下……！」

女王消失了蹤影。同時，門慢慢關上。

「時崎狂三！」

遠方傳來一道聲音。狂三回頭察看，發現雪城真夜一臉焦急地吶喊。

「動作快！快點！」

聽見這句話，狂三毫不猶豫地踏入前往第一領域的通行門。當然，存活下來的分身也一個接一個穿過通行門。

「我、我也要去——！妳先走！」

遙遠的彼方傳來耳熟的聲音。狂三嘻嘻嗤笑，鼓舞自己沒什麼好怕的。

時崎狂三……狂三走進了通往第一領域的門，充滿著無論前方有什麼事在等著自己也絕對會獲勝的決心。

而另一個人。對緋衣響而言，沒有在這裡退卻的選項。

「緋衣響，妳也應該去。葉羅嘉！」

「知道啦！抱歉，我會用有點粗暴的方式把妳扔出去！」

「儘管來吧！……粗暴？扔出去？」

響興致高昂地回答，不過葉羅嘉抓住她的後頸，「啪啪啪」地貼上紙條。響理解這個行為意味著什麼後，臉色發青。

「那個，不好意思，妳在我背後貼的是——」

「噴射機靈符。用音速飛進通行門吧！」

「啊啊啊啊啊果然被我料中了呢～～～～！」

被扔出去的響在靈符迸發出的噴射燃料噴射下超加速，朝即將關閉的通行門硬衝進去。

而且不知是幸或不幸，因為速度太快便閉起眼睛的響並不知道如果再晚一秒，可能會猛力撞上通行門而發生慘事。

◇

第一領域，誰都知道它的存在，卻無法造訪此處，為神聖不可侵犯的領域。

別說是否存在著支配者，連是什麼樣的場所都不清楚，充滿謎團的地方。

降落在那裡的時崎狂三與她的分身們一臉困惑地面面相覷。

「『我』們——還記得嗎？」

「是的，當然……」「記得。」「怎麼可能忘記呢。」「這裡是——」

時崎狂三與山打紗和共同度過的杏櫻女子學院校舍。

黃昏色的日暮天空一望無際，側耳聆聽——似乎還能聽見學生們喧鬧的聲音。連接領域之間的通行門也已經消失，狂三陷入穿越時間，回到另一個世界般的感覺。

「難道這裡是……『我』們……回到現實……回到過去……了嗎？」

一名分身一臉不安地如此呢喃，不過狂三立刻否定她的推測。

「不……不對。這裡只是被打造成這個樣子罷了。」

狂三原本認為創造這個鄰界的人搞不好是與時崎狂三或山打紗和有關的人，但馬上又否定，判斷不可能。

反倒該說相反，是因為山打紗和來到這裡，第一領域才變成這副模樣吧。

「原本這領域應該是一片荒蕪，因為紗和……還有我們來到這裡，才有人支配這個領域。我想這麼判斷比較妥當。」

山打紗和與時崎狂三。

允許兩人孕育友情，在和煦的陽光下彼此談天的聖域。

體驗青春、感受青春、擁抱青春，共同走過的場所。

——自己還記得。

記得過去身為時崎狂三時，與她揮手道別的風景。

不過，在狂三心中來來去去的只有難以言喻的巨大空虛。狂三的意識已經切換成「廝殺」。

話雖如此，這幅情景還是勾起她無限的鄉愁。

「狂三！」

這時，有一道雀躍的聲音突然毫不留情地打斷了她的思緒。

「哎呀、哎呀、哎呀。」

「啊～～我總算趕在千鈞一髮之際鑽了進來！其他支配者好像也會追過來，不過打開通行門需要花不少時間。」

「嗯，我本來就沒有期待援軍到來，也不信什麼命運或宿命。」

「……我來這裡，讓妳很困擾嗎？」

「是的，非常困擾。」

狂三莞爾一笑，如此回答；響聞言，垂頭喪氣。

「心情好～～低～～落～～喲～～」

響如此說完，只是傻笑。她心想：這才是時崎狂三。

「反正我不會做出什麼不識相的事。她曾是妳的好友吧？」

「是的。她曾是我相信無論發生什麼事都能一輩子同甘共苦的摯友。」

「————」

「所以，『我必須殺了她』。身為她的昔日好友，這是我必須履行的責任與義務。」

狂三淡然宣告悲傷的誓言。響苦笑著回應：「真是拿妳沒轍。」並且做好會被狂三痛扁的心理準備，決定「這麼做」。

「妳就出征奮戰吧，狂三……我會在這裡祈禱妳凱旋歸來。」

她緊緊抱住狂三，像摯友般如此呢喃。

因為情景、晚霞與話語太過溫暖，狂三不知不覺，真的是下意識地有點想哭。

——響的感情很溫暖，令她難分難捨。不過，手卻自動地抓住響的肩膀，慢慢將響拉離自己，雙腿則是朝學園校舍前進。在那之前，還是先彈了一下響的額頭就是了。

「那麼，走吧，『我』們。」

狂三一聲令下，時崎狂三們便同時邁步奔馳。

目標：打倒白女王——山打紗和，必須用盡一切手段阻止她毀滅鄰界。為此狂三將捨棄所有遲疑，不惜再次殺死昔日摯友，自己過去殺害的對象。

或是「不惜犧牲自我」。

◇

山打紗和決意毀滅鄰界。

話說，這個鄰界到底為何存在？為何誕生？為何像這樣繼續保留下去？

山打紗和並不理解其中的道理。不過，只有一件事她敢肯定地說，那就是這個鄰界並非像宇宙那樣自然發生，而是人造的世界。

而且它的存在並不會幫助人類或毀滅人類。

只要理解這些就夠了。倒不如說是刻意讓自己只能理解到這個程度，否則會被創造出這個世界的人物察覺吧。

不過，那又是另一個故事了，跟這個世界無關。

山打紗和心裡有數。在準精靈之間流傳的各種傳言、討論、論說中，最符合的就屬「死後的世界」了。

雖然用死後的世界一言以蔽之，各國對其想像各不相同，像是地獄、冥界、天堂、瓦爾哈拉神殿等。

然而，不論是哪個國家的哪種宗教觀，大部分都有一個共通點，那就是死後的世界是捨棄肉體，只剩靈魂的世界。即使肉體復活，那也是未來的事——「最起碼都必須捨棄過一次肉體」。

這個鄰界是以龐大的靈力與少女的靈魂結合而成的世界。如果這龐大的靈力——是化一切不可能為可能，甚至匹敵太陽或銀河系的能量——

只要輸入特定的時間與特定的座標，朝那裡發射這股能量——

「就能讓時光倒流，改變未來」，將過去改寫成山打紗和還活著，依舊是時崎狂三的朋友。

……遺憾的是，她並不知道是誰將自己變成「類」精靈。倘若至少知道那是誰，或許就能用這個鄰界的能量消滅那個人，改變過去。

山打紗和憑藉著這個想法行動，蹂躪整個鄰界。然而，此時產生了一個問題。

那就是該如何將鄰界蠢蠢欲動的這股龐大的靈力整合為一。畢竟這個鄰界雖然只有靈魂，卻有無數擁有自我意識的少女，她們各自分散地使用靈力，或是慢慢消失。

攻陷第三領域，成為支配者後，試圖向知道詳情的準精靈打聽情報，但依舊找不到統合靈力的方法。

不過，成為支配者的紗和得知了一個情報。

——一名偶爾會混進鄰界的少年的事。

明知他的目光、話語是奉獻給不是自己的某個人，還是會不禁為他神魂顛倒的戀愛神話。

光是窺見記憶片斷都如此了，如果「真人」出現會如何？

山打紗和已經將那個「如果的世界」試驗在被少年的記憶奪去芳心的準精靈身上。欣喜得手舞足蹈的少女對少年言聽計從，輕而易舉地獻出她自己和存留在鄰界的靈力，直到變成空無。

只要利用〈狂狂帝〉的能力【雙子之彈】與【天蠍之彈】模仿準精靈記憶中的少年，就能達成這個成果。

「真是令人難以置信。無聊的愛慕之心就如此重要嗎？」

「將軍」輕蔑地嘆了口氣。「千金（LADY）」表示認同：「我想就是這麼一回事吧。」而「女王（紗和）」則是完全無法理解。

總之，她充分活用了【處女之劍】——讓少女陷入情網的刀刃。具體而言，這個能力為山打紗和的計畫——讓支配者零落——出了一份心力。

「情為何物——」

紗和突然吟誦起莫札特《費加洛的婚禮》其中一段。

她活到現在，還不知道戀愛是什麼樣的感情、什麼樣的東西。

不，應該說「早就已經死了」吧。無法跟家人見面的寂寞與無法實現戀情的懊悔，究竟孰輕孰重呢？紗和實在不太清楚。

紗和認為時崎狂三，「那個」時崎狂三應該會選擇戀愛吧。

為愛瘋狂而生，為愛瘋狂而死的她，肯定會選擇那一方吧。

「真不甘心。」

這樣的感情翻騰而出。自己不認識的時崎狂三，自己不認識的陌生少年，一切的一切都令她氣忿。氣忿歸氣忿，她已沒有就此打住的意思。

毀滅吧、毀滅吧、毀滅吧。

歌唱吧、歌唱吧、歌唱吧。

去死吧、去死吧、去死吧。

反正自己本來就是時崎狂三反轉後的存在，那麼憎恨戀愛就是我的目的。

「——妳祈禱完了嗎？」

憎恨戀愛的紗和背後傳來喜歡戀愛的人的話語。

◇

狂三沒有閒情逸致悠閒地四處逛逛懷念的校舍。即使如此，依然無法否定有股柔和的戀慕之情搔動著她的內心。

曾與山打紗和一同走過的走廊、學習與聊天的教室、化學實驗室、體育館、操場和頂樓，一

切都充滿了懷舊感。

不過，每個地方都不見紗和的身影。

那麼，答案只有一個。宿命的終點、對立之人聚集的場所，給予背負罪孽、渴求責罰抑或是乞求原諒的人們救贖的場所。

位於校地內的一棟特異的建築物——人稱小教堂的地方，是這所學園特有的場所。

只有一個月一次的宣說教法與聖誕節才會使用的聖堂，對學生來說，與其說神聖，不如說是感覺有些隱祕的嚴肅氣氛令人沉醉。

少女們放學後會在這裡談天，也有人在這裡進行愛的告白，甚至有人為了宣誓永遠的友情（或愛情）進行類似婚禮的儀式。

紗和與狂三也曾經（不守規矩地）在這裡遊玩過。祈禱、告解、模仿宣說教法，頂多只有模仿婚禮這件事沒有玩過吧。

「對了……」

不知為何，當初只有模仿婚禮這件事太羞恥，不敢玩呢……

這種無關緊要的疑問掠過腦海。與此同時，狂三打開沉重的雙開門，便看見一名純白的少女坐在祭壇前，閉上雙眼，十指交扣，正在祈禱。

那是山打紗和、時崎狂三、反轉體、白女王。

而混合這些身分形成的是純白的——誰也不是的某人。

「妳祈禱完了嗎？」

「嗯。」

女王站起身，眼眸透露出些許憎惡——轉瞬即逝，接著表面浮現類似超然或是從容的微笑。

「這種地方竟然是第一領域，真是不可思議呢。」

「畢竟最初造訪這裡的妳成了支配者，也不算不可思議吧。」

「是嗎？這間學校沒什麼好的回憶呢。」

「……對妳來說，或許是如此吧。」

「對我們來說都是吧？就連畢業典禮都無法舉辦。」

啊啊——的確是這樣沒錯。

「這裡有的盡是些平靜的碎片、向陽之處的殘渣、想回憶卻想不起來，基本上『甚至連回想這個舉動都想不起來』的事。」

狂三頷首道：「也許是吧。」

要回憶起無聊的日常與閒聊十分困難。

「即使如此，我還是想珍惜那些回憶。」

狂三如此說道，接著為自己矛盾的說詞露出苦笑。紗和見狀，也跟著笑了起來。

「接下來就要廝殺了，還想珍惜嗎？」

「別這麼說。我自己說出口後，也覺得非常——悲傷。」

「把妳的悲傷和喜悅全都留在這裡吧。因為那些都是不需要的東西。」

距離十公尺以內。兩人像過去一樣，亮出彼此的武器。

壓迫感強烈得幾乎要將空氣碾碎，無與倫比的死亡預感掠過腦海。

時崎狂三／山打紗和就這樣展開最後的廝殺。

如果動作的速度是音速，那麼思考速度就是光速，而子彈的速度則以神速剜挖彼此的身體，奪取生命。

狂三動作流暢地朝自己的太陽穴扣下扳機，同時跳躍，像橡膠球一樣撞向牆壁後，瞬間逼近女王的側面。

「——！」

紗和用軍刀擋下狂三，交叉手臂，將手槍指向狂三的眉心。狂三立刻蹲下——迴避。頭上響起轟然巨響，若是晚個一秒，恐怕將造成致命傷。

一股分不清是喜悅還是恐懼的感情像電流一般竄過狂三的背脊。蹲下的狂三不成體統地雙腿大張，舉起〈刻刻帝〉的長槍指向天空。

射擊。

從下顎骨直轟到頭頂。不過，那個肉體沒有靈魂。

「【雙子之彈】。」

狂三並未感到驚愕，她早有心理準備會遇見這樣的狀況。自己破壞的不過是空殼。

軍刀刺進狂三的身體，緊接著一把宛如精密機械零件的短槍貫穿狂三的肩膀。

「【四之彈(Dalet)】。」

狂三判斷自己身負重傷後拉開距離，立刻重整態勢。白女王並未乘勝追擊，而是選擇觀望。

——她有留一手。

白女王只知道這件事，她猜測狂三手上一定「有什麼王牌」。等到自己掌握那是什麼——或是判定那張王牌不足以顛覆自己的優勢時——

紗和打算選擇殺了狂三。

——啊啊，真開心。

紗和認為這種心情等同於魚水之歡。全心全意想著對方，培育殺意，使出渾身解數互相廝殺。這種心情，除了愛情以外還能怎麼形容？

這麼想的或許是紗和，也或許是狂三。思緒接二連三失控，猜測對方行動的行為甚至陷入化身為對方「本人」的狀態。

融化成黏液狀的一個生命體——狂三亦是紗和，紗和亦是狂三。

話雖如此，這是戰爭、廝殺，是為了爭個高低的賭博。

「【八之彈】。」「【處女之劍】。」

黑之分身與白之幻影如同斜紋圖案交織在一起。不過，時崎狂三的增援不斷從小教堂的門扉趕來，黑逐漸支配現場。

白女王見狀，靜靜地笑道：

「【處女之劍】。」

「又來了……！真沒意思！」

就在狂三如此說道，正要打倒眼前幻影的瞬間。

——時崎……狂三？

突然響起一道聲音。

那是不可能在這個世界上聽見，處於變聲期的低沉嗓音。

問題不在這裡，而是在於那道聲音、聲音、聲音，實在太觸動人心，敲響心中每一座鐘。

狂三同時理解剛才的是他的聲音，以及那是女王引發的幻影——但還是淒慘地吃了紗和的一擊。

「咳啊……！」

狂三被擊飛，同時一邊反芻剛才的幻影。與其說在思考反芻後的結果，倒不如說是本能地感到厭惡；與其說厭惡，更應該說是火冒三丈。

也就是說——

時崎狂三發飆了。

「女王————！」

撞到牆面的同時，舉起手臂連續射擊，加上分身也一齊射擊。然後，紗和以三維度的動作迴避狂三憤怒的射擊。她跳向空中的同時，踹向空氣改變角度，躲開了所有子彈。

紗和宛如彈跳球或跳彈，總之是以超乎常人的速度在空中跳躍。

小教堂承受不住衝擊而坍塌。屋頂被掀飛、祭壇被打得粉碎，信徒祈禱的象徵化為淒慘的遺骸。

紗和東躲西逃；狂三們緊追在後。

紗和在校舍的牆面「著地」後，就這麼在牆面上奔馳。槍林彈雨對疾走的她緊追不捨，玻璃窗被擊破，純白的牆面留下焦黑的痕跡。

「【三之彈(Gimel)】！」

預測未來狙擊。狂三搶先一步使紗和踩踏的牆面「老化」。與單純破壞的子彈不同，紗和絲毫沒有察覺便一腳踏入陷阱。

「——！」

使勁踩踏的牆面宛如泥土般融化。當然，輕快的飛牆走壁就此打住。

「一齊射擊。」

用【八之彈】鑄造的分身好像在回應狂三這句話，將子彈集中在紗和身上。

命中、命中，不斷命中，紗和甚至無法發出哀號就被擊飛到校舍中。充滿確信的觸感——不是命中幻影或空殼，確實是命中了真人才對。

可是，這不祥的感覺是什麼？

「……要上嘍，『我』們！」

狂三甩了甩頭，甩開腦海的思緒，準備與分身一同闖入校舍。在那之前，狂三回頭瞥了一眼背後，清點人數。

用【八之彈】產生的分身超過三十。她本來應該製造了五十人，所以有二十名分身戰死。

是否該補充人數？狂三立刻否決內心的提議。雖然早已預料到，時崎狂三自己也不過是分身中的一人，她這個影子只是剛好能行使〈刻刻帝〉罷了。

換句話說，她與本體不同，利用【八之彈】製造分身對她來說負擔很大。

打個比方，就像燃燒生命製造出材料一樣。龐大的時間、龐大的靈力，更重要的是——龐大的自己。

消耗上述的東西創造出分身，對狂三而言無疑是苦行。

時崎狂三的本體發射【八之彈】時並未感到痛苦，那是因為本體與分身之間有著能力的差距？抑或是——

抑或是本體的精神構造原來就與自己相距甚遠吧。

闖進校舍後，宛如電影一般切換場景，從薄暮時分切換成暗夜巷弄。

狂三全身竄過一股寒意，並不是因為感受到危機，而是來自過去的絕望。

瞬間，與其說疏忽大意，更該說是產生了破綻。滑進精神破綻中的少女並未受到任何譴責，便逼近目標時崎狂三。

幸運的是，現在的狂三沒有同伴，而這份幸運防止了她的攻擊。

……明明面對敵人，狂三卻下意識地往後退一步。

這一步決定了她的生死。

白女王衝向狂三，狂三無法反應，挨了一刀。

不過，因為她的怯懦，應該說因為她被迫面對自己的罪行，反而救了自己一命。

一擊必殺的斬擊只讓她身受重傷。

「——！」

「嘖……！」

「『我』們！」

一名分身高聲吶喊，不理會倒下的狂三，一齊掃射。女王用身體承受子彈，一邊後退。一名分身趁機抱起狂三離開現場，三十名分身派出二十名去追女王。

剩下的十名一邊保護狂三，一邊前往巷弄附近的住家避難。

雖然沒有人也沒有家具，但分身們判斷至少足以藏身。

「『我』，還好嗎……！」

「啊——」

原本緊閉的眼瞼睜開。分身們確定狂三還活著後，鬆了一口氣。

狂三像在渴求什麼，慢慢伸出手。

「響……？」

「……很遺憾，我們並不是響。」

「——也是。」

感覺肺部一下子失去了溫度。狂三站起身，對自己發射【四之彈】讓時間倒流，治癒傷口。

「各別行動吧，『我』們。我單獨去追紗和，妳們散開包圍住我。等我與女王接觸時，不用遲疑，我們一起徹底制壓射擊。」

「這樣……真的好嗎？」

一名分身提問。用不著說，所謂的制壓射擊是為了不讓對象逃跑而讓對象置身於槍林彈雨的戰術，與女王接觸的狂三自然也會受到波及。

「我會射擊【四之彈】撐過去。而且，她東逃西竄是我們陷入苦戰的原因之一，必須讓她見識見識我和她一起被擊落的『瘋狂程度』。」

狂三如此說道，露出狂妄的笑容。

◇

二十人的確是壓倒性的數量，不過，分身無法使用〈刻刻帝〉的能力，白女王卻能行使〈狂狂帝〉。

光是這一點，白女王的戰力就具有絕對的優勢，分身也是在知道這件事的情況下徹底爭取時

間，以量制質。

「雖然是下策，這種戰略還滿有用的呢。」

紗和如此呢喃，唉聲嘆息。

她不斷殺害令人又愛又恨的時崎狂三分身。

就某種層面來說，這是令人感到十分爽快的事，卻也是令人悲傷得想哭的事。

……在以往的戰役中，山打紗和強制壓抑自己的情感。

她對戰爭又厭又愛。

對愛人又喜又惡。

對合謀則是不喜歡也不討厭。

不過，這一切都是為了向時崎狂三復仇——復仇？復仇——如果不這麼認定，怎麼幹得下去

——不對，這是自己心甘情願去做的事——

「……好痛…………咦！」

頭痛。紗和因為頭痛這個現象而顫抖。以前根本不可能因為思考便引發頭痛。

彈雨再次襲來。紗和的感情轉變成煩躁。

「礙事……！」

她將煩躁的心情發洩在狂三分身身上。兩名狂三因〈狂狂帝〉‧【獅子之彈】而消失。

負傷的狂三們露出有些灑脫的笑容，慢慢消失。

愈來愈煩躁了。

她希望對方後悔、絕望、浮現惡意，就像自己一樣。

然而對方無論經過多久，除了殺意與使命感，依然不肯對自己投以其他情緒。

……也許狂三自認為有吧。

認為紗和是該憎恨的仇敵、該打倒的宿敵。

不過，紗和感受不到。完全感受不到。她感受到的，只有著實令人不舒坦的憐憫。

憐憫。

煩躁感排山倒海般湧來，感覺就快被憎恨淹沒。

狂三是認為「紗和被殺很可憐」嗎？還是認為「殺死紗和的自己才可憐」呢？

如果她是這麼想。

假如她的心思是如此。

「啊啊——」

我的這種混濁無比的心情該向誰發洩才好？

向誰？

「……嗯，找到了。」

時崎狂三的摯友——成為狂三的搭檔，陪她走完這條漫長旅途，沒有任何背景、過去、前緣的純潔少女。

緋衣響。

山打紗和理解到她才是值得消滅的敵人。然後，頭痛。

「……好痛……」

只能說頭痛正是區分她是山打紗和或白女王最明顯的症狀，是想維持白女王身分的紗和無論如何都無法到達的感情點。

身為支配者的紗和表情猶如幽魂，實行靈力探查。

執著地追蹤那矮小、虛弱的靈力。啊啊，原來如此——紗和心想。

她明白「將軍」之前為何要捉拿她了。是為了牢牢記住她的靈力，以便追蹤。

「不過，既然如此，當初就該殺了她才對。」

紗和嘆息，繃緊神經心想：自己的天真與傲慢造成了今天的苦果。沒想到當初認為不過是無名小卒的她，竟然是時崎狂三最大的要害。

好了。

看來是找到了，那就去殺她吧。毫不猶豫、毫不留情地速戰速決。簡直是輕而易舉。

◇

「啊，慘了～～」

一開口，緋衣響就察覺到逼近自己的重大危機。

響原本就對這類氣息非常敏感，特別是女王的氣息。

畢竟她曾經被捕捉過，還差點被洗腦。恐怕當時山打紗和這名少女也記住了她的氣息，該說是類似靈力的波長吧。

記住了自己這種小蒼蠅……不，說得可愛一點，是小鳥般的微弱靈力。

「我是無所謂啦。」

響呵呵笑道。其實她早就料到了。這是理所當然的事。緋衣響是時崎狂三的要害，本人比誰都清楚。

所以，早知道別來第一領域就好了，也許在第二領域等待狂三凱旋歸來比較好。

而響自知自己是關鍵人物。

若是冷靜比較時崎狂三與山打紗和（白女王）的能力，無庸置疑是山打紗和更勝一籌。這一點狂三也（不情願地）承認。

而且，紗和現在正想殺死狂三的要害——響。若是狂三察覺到這件事，就不得不一邊保護響

一邊戰鬥。

即使有分身，戰力還是會分散，戰局一樣對女王有利。

——不過……

那是「緋衣響依舊是個弱者」的情況下。

「好，那麼……我就去死吧！」

響開朗地如此說道，閉上眼睛，感受周圍滿溢而出的靈力。嚥了一口唾液後，面對那駭人的可能性。

於是，片刻過後。

響起骨頭粉碎的聲音。

◇

緋衣響藏身在一間位於廣闊街道上一角，索然無味的小公寓。雖然可以連同整個屋頂掀開來出去，但感覺會被狂三罵，所以她還是乖乖打開門外出好了。

緋衣響都來到這裡了，不可能沒察覺白女王的氣息。不過她也明白無論是逃到外面或躲在室內都會被殺吧。

典型的不管走哪一條路都會以壞結局收場。

所以她以為面對死亡，自己會畏懼、做好受死的心理準備，或是祈禱（有人來救她）。

結果全都猜錯了。

她不畏懼、沒有做好受死的心理準備，也沒有祈禱。

緋衣響極其自然地打開二樓的門出去外面。剛抵達公寓的紗和看見響後，睜大眼睛。

「…………！」

山打紗和內心湧起許久不曾有過的激動情緒，無法克制。

她震怒又驚愕，因為緋衣響的外貌已變得截然不同。

「怎麼了，女王？妳該不會『沒料到我會來這一招吧』？」

聲音很清澈，感覺嗓音也變得不一樣了。

紗和咬牙切齒，用力得幾乎要把牙齒咬碎。

沒錯，緋衣響的外貌已經改變，就像掠奪女王力量那時一樣。

「妳的無銘天使〈王位篡奪〉(King Killing)應該已經被破壞了。」

「是這樣沒錯。不過，我可是用它度過無數危機，甚至曾用它化身為時崎狂三這名精靈呢，早就記住它的手感，應該說使用時的感覺了。」

「豈有此理。簡直像開著沒有方向盤的F1賽車通過髮夾彎一樣。」

「只要砍掉一隻手臂，直接插進原本是方向盤的地方就萬事解決了。」

「——啊啊，原來如此。看來妳還滿拚命的嘛。」

聽見這句話，「變成與女王相同模樣的緋衣響」挺起胸膛吶喊：「正是如此！」

緋衣響能利用無銘天使〈王位篡奪〉化身成其他人，甚至能使用那個人一部分的能力。

簡直就像殺死國王的奴隸一樣，是性能極高的危險兵器。

儘管遭到破壞，它的殘渣依然留在緋衣響的身上。響在從第二領域移動到第一領域的前一刻發現了這件事。

緋衣響的姿態是白與黑，擁有不完全卻完美的精神世界。

簡單來說，她從時崎狂三與山打紗和，惡夢與白女王身上各篡奪了一半。

「我想請教妳的感想。」

「呵呵。感想……嗎？」

響的提問令紗和充滿了殺意。響對於自己靈機一動想到的鬼點子大獲成功，在內心比了個勝利手勢。

……用不著說，緋衣響變身的風險很高。譬如喬裝、整形，這方面的事在鄰界跟在現實世界一樣並不難。不對，反而是能用靈力為所欲為的鄰界更簡單吧。

不過，如果是變身——改變外貌這種現象，在鄰界也非常難做到。

這是想像的問題。若是喬裝成陌生人或是想整形成更好看的長相這種程度，比較靈巧的準精靈應該能對自己或別人施展那個能力。

或是像響一樣，只要使用特殊的無銘天使，搞不好甚至能模仿對方的外貌和能力。

然而，現在的響並未擁有特殊的無銘天使，卻依然成功變身。

這就像人類看見老虎——然後希望變成老虎一樣不可能。

因為無法想像。人類無法理解老虎的心情，也無法想像牠的動作感覺和狩獵性能。

如果真的有辦法做到。

那應該是伴隨著極大痛楚的行為。從骨格、肌肉、皮膚，全部重塑。剝下皮膚，再黏貼上去；扯下頭髮，再重新植入；壯大或縮小肌肉，用鈦補強骨頭——若是在現實世界，就代表做了這些事。

那無疑是折磨。折磨有終點，也能解脫，但痛苦卻是無限的。

事實上，響拚命強忍著全身骨頭好似要散了的痛苦。

而紗和也非常理解這件事。

所以紗和才會震驚又憎惡。因為這個女人，這個微不足道的準精靈，「只是為了挑釁她」才這麼做的。

「恭喜妳，妳的計謀成功了。」

「喔。我本來想說八成能成功，太好了呢。」

「是的。我就馬上殺了妳當作回禮吧。」

紗和舉起〈狂狂帝〉開槍──響則是以模仿女王的軍刀擋開子彈。

「呵呵呵！怎麼樣啊，呃，痛死我啦～～～～！」

子彈的衝擊使響原本強忍著的痛楚如爆裂般擴散開來。

「我想也是。畢竟妳那是自取滅亡，令人傻眼的行為。我可以問妳一件事嗎？」

「好、好的。雖然我的耳朵跟下巴之間的部位像是被粗針刺到般疼痛，能答的話我會答。」

「妳為何要做到這種地步？」

紗和當然明白她是為了狂三。不過，即使猜到這一點，她還是認為響未免太奮不顧身。

「……妳已經變不回去了吧？」

「啊，唔。被妳發現了嗎？」

畢竟她無法再變回自己。緋衣響捨棄了自己的容貌，以後她每次照鏡子都會看見與狂三或紗和一樣的臉。

無法想像的絕望。

而且做到這種地步，也只是多少為時崎狂三的戰鬥付出一些貢獻而已。

沒有讚賞、報酬和憐憫，為何能貫徹到底？

「……我好像沒辦法跟狂三繼續同行了。」

響說道。

「可是，挽留狂三……嗯，我也不是沒想過，但我認識的狂三應該不會答應我的請求。」

響坦言。

「我的犧牲奉獻或許會讓狂三動搖，不過我堅信狂三最後還是會選擇前往現實世界。因為，那才是我認識的時崎狂三。」

百戰百勝，不斷克服難關。

即使路途再多苦難，完全毋須介懷，繼續前行，繼續攀爬。

「所以——呵呵。」

緋衣響開心地笑道：

「『我想至少在最後讓她大吃一驚』。哇哈哈哈哈！看我這副模樣，肯定是我贏吧！雖然她可能會嚇得退避三舍！」

「我的確嚇得半死呢。」

回應響有些自棄自棄所說的話的人從天而降。

「真是令人啞口無言。剛才的妳固然不到令人目不忍睹，反而表情還不錯，但仍保留著緋衣響獨樹一格的痕跡。」

「那個，狂三？妳這話有點誹謗中傷喲。」

「——但是妳現在已經沒有響的痕跡了。」

悲傷的聲音敲打著響的耳朵。

「不過沒關係。來吧，一起並肩作戰吧。嘿嘿嘿，我敢說出這種臺詞了呢。」

響用天真爛漫的開朗態度消除悲傷。

要後悔、絕望、豁達，以後再說，現在先全力應付敵人。紗和不耐煩地看著兩人，舉起〈狂帝〉。

「……好痛……」

頭痛令她皺起臉。

「————」

狂三觀察紗和，正確來說，是注視著她的「頭髮」。響似乎也發現了，拉了拉狂三的袖子。

「我知道。不過，現在還不是時候……響，我想應該不用我說吧，妳已經做好要陪我直到地獄盡頭的覺悟了嗎？」

「當然！」

「是嗎？那就……走吧！」

狂三與響一起跳躍；存活下來的其餘十二名分身也同時跳躍。

「煩死了……！」

女王轟然咆哮。

這可說是她初次明顯發怒。惡夢對此表示慨嘆，同時也感到欣喜。

彼此的預感——數分鐘後，將全部了結。

唯獨未知的是最後戰勝的會是誰。

◇

「【八蠍之彈】——！」

開戰第一手，山打紗和祭出了出人意表的奇招。她扯下自己的一隻手臂，並朝那隻手臂發射子彈。她的手臂瞬間膨脹，變成白女王的分身。

「交給妳了。」

「明白。」

女王分身狠狠瞪視緋衣響。響這才恍然大悟。

「『我』們去對付那個分身！紗和由我來討伐！」

「了解～～！」×十二

十二名狂三分身異口同聲回答，同時將矛頭轉向女王分身。女王分身高聲吶喊：

「〈狂狂帝〉！」

天文鐘發動。幾乎同一時間，轉瞬間重新生出一隻新手臂的山打紗和也宣告：

「〈狂狂帝〉。」

兩座天文鐘令狂三睜大眼睛。

「分身能使用〈狂狂帝〉嗎……！」

「畢竟是用右手臂換來的，要是不能使用〈狂狂帝〉，我可就傷腦筋了。」

紗和若無其事地回答。她一下子就扯下手臂，所以很難察覺，但似乎並不代表她不會感到疼痛。與其說分身，不如說是等於把自己的身體……自己的能力分離出去吧。

「【獅子之彈】。」

削減空間的子彈朝四面八方飛奔而去。狂三分身們連忙迴避。

「響，這個給妳！」

「我接住了～～！」

響接住一名狂三分身扔給她的老式手槍後，一個轉身瞄準目標。

分身們也配合得默契十足，同時掃射。而響則是在千鈞一髮之際躲開女王的【獅子之彈】。

「果然不出我所料……！」

女王分身確實能使用〈狂狂帝〉，但並不代表她能將所有能力發揮到底。

通常分配到的力量比較弱，分離出去的異能也會衰退。

與狂三分身無法行使〈刻刻帝〉原理是相同的。

所以，無法重現【獅子之彈】的特性——追蹤。既然如此，它就只是一枚削減空間，不能臨機應變的子彈。

當然，如果中彈還是會死掉就是了。不中彈就不會死。

「我要瞄準了！」

響鄭重其事地說道，透過老式手槍的準星瞄準對方的眉心，扣下扳機。動作流暢，沒有停頓，自然得如行雲流水。

槍技主要集中在舉槍、瞄準、扣扳機這三個動作。時崎狂三與山打紗和的槍技超級一流，緋衣響則是與一流搆不上邊的二流吧。

不過，那是指本來的響。

現在的她繼承了狂三與紗和的些許槍技。如同女王的分身能行使〈狂狂帝〉，緋衣響的槍技已達到能觸及兩人的水準。

子彈直接命中眉心。令原本姿勢前傾的白女王差點向後仰的漂亮反擊。

不過，沒有轟飛她的腦袋。

「真頑強……妳這個……這個……！」

響本來想說些什麼狠話，但立刻打消念頭。除了找不到比喻方式，重點是感覺也會罵到狂三。換句話說，狂三有可能會從背後朝自己開槍。不，再怎麼樣也不至於開槍吧，但我大概會有種被槍擊中的心情，大概！

「——真囉嗦。當時果然應該把她解決掉。」

露出狂妄笑容的分身對身旁的紗和如此說道。紗和憤恨不平地咂嘴，還是同意分身的提案。

「是啊，所以我這次不會再放過她了。擊垮她，『將軍』。」

「那是當然。」

聽見紗和說的話，狂三點了點頭，這才恍然大悟。看來她設計出了另一個她所信賴的人格。

不過，如此一來——

狂三先將思緒趕到一旁，因為紗和發射【獅子之彈】，撕裂了狂三與響之間的空隙。兩人頓時理解那枚子彈發射的含意為何。

「要單挑，正合我意……！不過，我這裡還有其他分身就是了！」

響等人與「將軍」正面衝突，雙方邊打邊降落到地上。

撞破屋頂後，來到的是氣氛有些懷舊的咖啡廳。

響踢飛咖啡廳櫃檯的一個大水壺。「將軍」反射性地用軍刀斬斷後，傾瀉而下的水瞬間遮擋住她的視野。

「大家，蜂擁而上吧！」

響一聲令下，狂三分身便立刻理解響的意圖，以及這是個十分有用且豁出性命的戰術。

面對揮舞軍刀的「將軍」，響一行人以數量及包圍戰術強行封住軍刀。超越近身戰的極近距離戰鬥，「將軍」與響她們以尖峰時間的電車擁擠的密度展開殊死戰。

以人數對抗武藝與異能，別說是讓敵人割肉，自己趁機砍斷敵人的骨頭這種自損八百，傷敵一千的戰術，根本就是讓敵人割肉又斷骨的自殺特攻劇。

而這個戰術對敵方來說最糟糕又非常有效。

「煩死了……！」

「妳說得沒錯！不好意思啊，這麼煩！不過啊，我覺得戰爭就是如此！」

「將軍」以超越人類智慧的動作迴避、迴避、掠過、迴避零距離的射擊。狂三分身想絆住她的腳——結果失敗，反而被對方絆倒，同時以軍刀刺穿在地。

「唔……！」

一名分身煙消雲散。「將軍」將插在地上的軍刀向上踢，正要抓住軍刀時，響用老舊手槍撞開軍刀。即使軍刀試圖砍向響，也因為狂三們的射擊而不得不改變姿勢。

想後退和突擊都被擋下。不過另一方面，響和狂三分身們身上的傷口也愈來愈多。

攻防與狀況變化之快，令人眼花繚亂。

在場的所有人一時之間全忘了自己的目的。

透明的殺意、純粹的鬥志。只想將眼前關係匪淺的宿命少女——

揍到消氣為止……！

「喝啊啊啊啊啊啊啊啊啊！」

響發出咆哮，用槍指向「將軍」的臉。

「將軍」手握短槍，對眼前的響射擊——利用開槍的反作用力，使出肘擊攻擊背後的狂三。響來不及躲避，子彈射中了她的右眼。相對地，響也讓女王受了傷。

「將軍」無法治療傷勢，並非因為響和狂三等人的干擾，而是因為女王的治療方式——【水瓶之彈】是屬於範圍型的治療術式。

在這個距離，不只自己，連周圍受傷的狂三分身與緋衣響的傷勢都會一起治癒。她自然會對這樣愚蠢的行為有所顧忌。

當然，響與狂三也無法使用【四之彈】，不論是傷口、痛苦、絕望，都會繼續存留下來。

要說這是一場耐力對決，不如說是信念的對決。

將對手徹底打倒、踹飛、擊垮——直到最後的最後一刻，依靠意志力維持站姿。

「我才、不會、輸～～！」

緋衣響使出全力揮出的右直拳重擊「將軍」的臉。

◇

有別於靠氣魄決勝負的緋衣響與女王分身，時崎狂三與山打紗和的最終決戰是動員一切本領與異能的慘烈廝殺。

「【四之彈】！」

「【水瓶之彈】！」

兩人拉開距離，各自修補自己的傷勢。彼此為了占上風而交換位置，一邊射擊一邊不斷搜索最適合的位置。

在屋頂上奔馳，朝飛向空中的敵人扣下扳機，或是在狹窄的巷弄利用所有物體與身體互換。

兩人一邊這麼做一邊對彼此傾吐心情——沉重得誤以為具有重量的心情。

「……妳為何要為了他做到這種地步？」

「那是我的自由吧？倒是紗和妳，為什麼要妨礙我？」

「妨礙？沒錯。因為妳很礙事，所以必須殺了妳。不論是我，還是我以外的其他人格。」

「那是——」

楚。

「妳礙到我了，我也有權利妨礙妳吧？」

紗和面帶微笑如此說道，頭髮又稍微晃動了一下。紗和本人並沒有發現，狂三卻看得一清二楚。

「或許……有吧。不過，把鄰界牽扯進來的是妳。」

……沒錯。

她波及鄰界，將在這裡想拚命活下去的少女們捲了進來。她們什麼都沒做。就算做了什麼，也不至於受到蠻橫的殺害。

「我可沒忘記絆王院華羽的事喲。」

「……誰？」

聽見這個回答，狂三臉上浮現燦爛的笑容，朝紗和的臉猛力揍了一拳。

「不好意思，失態了。我似乎一時失去了理智。不過，這也怨不得我吧。『隨便讓人陷入情網，又隨便消滅人家』，竟然還忘記對方的名字，實在太過分了。」

「啊啊……對喔，『千金』策劃過許多計謀——不過，誰教她自己要陷入情網。反正也不過是那點程度的愛意而已。」

「妳說的這句話跟臭水溝一樣臭呢。簡直就像是殺了別人，還怪別人『誰教她自己要被殺掉』一樣。」

剛才那句話顯露出山打紗和——應該說顯露出白女王的殘忍性。因此，狂三毫不猶豫地譴責紗和說的話。

紗和聞言瞪大眼睛，之後（恐怕是下意識地）玩起自己的頭髮。

接著，她的「顏色」再次產生晃動。

「……好痛……」

一陣刺痛。她也無法理解的原因不明的疼痛襲來，轉瞬即逝。

「話說，我有一個問題想問妳。」

「……什麼問題？」

深呼吸。狂三的眼眸浮現前所未見的情緒。

「——妳真的是白女王嗎？」

那情緒稱為疑慮。

「妳這是什麼意思？我是山打紗和，也是白女王。無論變成什麼模樣——」

「是的。如果妳的過去和感情——而非外貌——的確是紗和，我也會毫不猶豫地稱呼妳為紗和。不過，妳真正屬於紗和的只有過去。倘若是我認識的紗和，無論再怎麼墮落——『也不會貶低戀愛過的少女』。」

「……！」

聽見狂三充滿信賴的發言，紗和不由自主地扣下扳機。接近紗和的狂三以槍身擋開子彈。

「我再問妳一次。」

時崎狂三以再三確認／或是充滿殺意的眼神質問。

「妳真的認為自己是山打紗和嗎？」

「開什麼……玩笑……」

「妳從剛才好像就一直在頭痛呢，紗和。」

「……妳可以閉嘴一下嗎，狂三？」

說話態度很冷淡。狂三以冷靜、透徹、獵人的眼神觀察山打紗和。紗和恐怕還一頭霧水，但以第三者的角度觀察她的自己卻十分明白。

以一句話來概括，就是分離。

以往她將山打紗和與白女王聯想為同一人物。明明原本的兩人思想、動機、興趣、討厭的對象全都不同。

——只是憎恨時崎狂三。

唯獨在這樣的心情上，兩人是共犯且為同一人物。而恐怕為了封印這個矛盾，才形成了多重人格。

「將軍」、「千金」、「死刑執行人（EXECUTOR）」、「特務（AGENT）」、「政治家（POLITICIAN）」、「上帝（OVERLORD）」。

在。

藉由頻繁交替人格來隨時修正可能發生的矛盾。因為山打紗和與白女王本來是不可相融的存在。

不過，由於紗和一直在與狂三戰鬥，沒有切換人格，導致矛盾無法修正。

就像電腦的快取記憶體不斷積存，她漸漸感到不適。

「妳可能沒發現，妳的髮色恢復了一些。」

「……！」

紗和反射性地壓住頭髮，她大概也判斷狂三的表情毫無虛假吧。理解這句話的含意後，紗和第一次因厭惡而皺起臉。

「這是因為……」

「結果是因為目的一致才成為共犯。現在的紗和與反轉體的『我』開始產生分歧。」

那是表層的感情與本能在拉扯。就像時鐘一旦失準就再也走不準，她一旦開始自相矛盾，便會持續為身體產生的不協調感所苦。

紗和煩悶／女王痛苦卻默默承認這個事實。

「……也許是吧……」

這破綻遲早會來臨，因為紗和的憎惡與反轉體的憎惡種類並不相同。

一個是被至親好友背叛而憎恨的少女；一個是對自己本身存在的狀態感到憎恨的少女。

「……不過，也因此……看清了……一些事物。」

「……看清一些事物？」

「那就是事到如今——狂三妳還不想弄髒手，『不想越過最後一條線』！」

紗和發出淒厲的吶喊，同時開槍。

她憎恨狂三的從容，氣憤她的憐憫……！可恨、可恨、太可恨了，絕對必須立刻消滅她！

否則「我會失去自我」！

紗和發出有如報喪女妖的尖銳叫聲，並且胡亂掃射。狂三一邊彎身躲避一邊迅速離開現場。

女王不顧一切，追在她後頭。

她的眼眸因殺意與憎惡而混濁，讓她失去了女王風範。

深呼吸。狂三心想，就時機而言，應該是現在吧。「該射擊那枚必殺的子彈了」。

狂三目不轉睛地揣測山打紗和的心思。

她覺得總算到達女王內心深處的絕望，認為現在正是大好機會。不過另一方面，狂三過去培養的經驗否定了她的天真——或者該說她想緊抓不放的希望。

紗和只是正在氣頭上，搞不好一秒後便會冷靜下來。也許在自己進入攻擊態勢的瞬間，她就會切換成能立刻發揮能力的狀態。

現在還不是時候。雖然喚起紗和的動搖可說是時崎狂三先馳得點，在這個狀態下直接發射必

殺子彈還是太過魯莽。

若要行動，果然——

「只有『那個』了吧。」

無論是人類、野獸還是精靈，只要是生命體就一定存在弱化的瞬間。

現在開始才要制定那條路徑。不管要繞多少遠路，也不管自己會在過程中多麼接近死亡。

時崎狂三的判斷是正確的，紗和的動搖在追逐狂三的期間立刻恢復平靜，行使她身為支配者的權限，彷彿在表現她的冷靜沉穩。

「……！」

又是充滿回憶的場所，而且這次規模極小。

「……這真是……」

冷汗直流、心臟狂跳。沒有討厭的回憶，全是美好的回憶。只是，那所謂的美好回憶……從某天起，全被塗改了。

「沒想到竟然是紗和家……響大概在閣樓那邊吧。」

狂三如此嘀咕。響要是聽見這句話，大概會憤憤不平地抗議……家裡沒有響的氣息，狂三猜測她應該在外面。

那麼，這裡就只有自己和紗和兩個人。不過——這裡有點狹窄。單純是因為狂三的武器是槍，短槍倒是還好，但長槍的槍身有二十公分，在屋內使用顯得太長了。

關於這一點，紗和——白女王的〈狂狂帝〉則是軍刀與手槍的組合。雖然揮舞軍刀需要費一些功夫，總比長槍輕鬆吧。

二十公分的差距、武器種類的差距在此時成為狂三的重擔。

「紗和，妳似乎恢復冷靜了呢。也罷，隨便一挑釁就被激怒，反過來被打敗的戲碼可不適合我們。」

「職業足球有所謂的主場吧，像是東京、大阪或其他地方。據說在主場比賽的話，獲勝機率差很多喲。」

「哎呀，妳真清楚。妳以前喜歡足球嗎？」

「不，完全不喜歡。好像是我爸爸喜歡的樣子。」

「所以，紗和妳說出這種無聊的小知識，究竟想表達什麼呢？」

「嗯。我……打算在這裡打敗妳。」

兩人一步步地走近彼此。這裡是山打家引以為傲的八坪大客廳，她的家人和貓咪曾經存在於這裡，如今只有殺意沸騰的兩人。

「這種時候……果然應該這麼說吧。來吧，堂堂正正地一決勝負。」

「不不不，這種時候……應該這麼做才對。」

狂三如此說道，從口袋掏出一枚一九〇三年美國鑄造的一美元銀幣——通稱摩根銀元的硬幣。它的大小和重量超過日本的五百圓硬幣，也經常在蒐集家之間流通。

「為什麼要拿出這種東西？」

「我以前在這個房子裡發現的，這東西還滿珍貴的喲。」

「是啊。」紗和表示認同。她的父親因為工作經常去國外出差，每次回國都會帶珍貴的伴手禮回來，是小朋友會喜歡的東西。

不過，當中也有紗和不感興趣的物品，其中一項就是國外的硬幣。

狂三曾經來這個家玩過幾次——所以才記得吧。

「紗和，妳做好覺悟了嗎？」

「我才要問妳呢。」

兩人互相嘻嘻一笑。彼此的笑容宛如少女般天真，亦如惡魔般狡猾。

沉默。狂三彈了一下手指，硬幣隨著堅硬的聲響飛向空中。兩人緊握彼此的天使／魔王。

充滿溫暖、愛情與天倫之樂的客廳存在著兩個格格不入的異類。

手持沾滿鮮血顯得突兀的武器。

「〈刻刻帝〉。」「〈狂狂帝〉。」

就這樣，最後的廝殺開始了。

◇

「我只能奮戰到此了。響，接下來就——」

「好的！」

最後一名狂三產生的分身遺憾地煙消雲散。緋衣響手持的老式手槍已經龜裂。響皺起臉，傳送靈力勉強維持它的存在。不過，若是持有者消失，這把老式手槍也逃不過消滅的命運。儘管藉由傳送靈力來延遲消滅，也不過是像破了洞的水桶。

恐怕在三分鐘以內，手上的武器便會消失。

於是——

響望向「將軍」。她站著，也還在呼吸，不過手上的軍刀與手槍已面目全非。她的頭部、右上臂和左大腿大量出血，左腳骨折，根本是用拖的走路。

滿身瘡痍——沒有喪命真是不可思議。

不過，她還活著，也還能戰鬥。她凶暴的眼神訴說著自己還有餘力殺響。

響也受了傷，傷勢最重的是被轟爛的右眼，想躲避子彈也來不及避開。斬擊掠過的左手小指也處於以一層皮連著的狀態，或許能用狂三的【四之彈】修復，但被切斷的部分也有辦法修復

嗎？響思考著這種無聊的問題。

住在鄰界的準精靈沒有肉體。

但是，靈魂因焦躁、絕望和鬥志而揮灑著汗水。肩膀上下起伏，氣喘吁吁，別說活動手臂了，連踏出一步都疲憊不堪。應該也有發燒吧，話說因為血流得太多，身體冰冷無比。

射擊次數只剩三次……不，兩次就是極限了吧。之後只能赤手空拳戰鬥了。

「我們……兩個……都已經……千瘡百孔了呢……」

「將軍」時隔已久再度開口。

「是啊。我也差不多快撐不住了。」

「不過……條件不同。我……死在這裡也無所謂……但是妳……妳就……」

是啊，沒錯——響表示認同。敗北自然不用說，即使平分秋色也不行。因為在自己殞命時，山打紗和的目的便會達成。

「……那麼，只能贏了呢。反正我本來就沒有要戰死的意思……！」

響如此說道，試圖以顫抖的手舉槍——但對方使出渾身的力量朝她砍來。

軍刀的刀刃斬斷了〈刻刻帝〉。

「啊，啊啊……啊啊啊……！」

「贏……了……！」

響表情愕然地跪下；「將軍」則是因為勝利的喜悅而皺起臉。響眼神空洞地注視著走向自己的她。

——我該如何是好？

其實，答案早已出來了。該做的只有一件事。失敗就是死路一條，坐以待斃也是死路一條。

所以還是該付諸行動，可是——

（……啊啊，好害怕啊……）

害怕敗北、害怕死亡，超級害怕見不到狂三。然而結果最害怕的是別的東西。

「到此……為止了……！」

響最害怕時崎狂三因為自己的死亡——將她扔進悲傷回憶的範疇……！

「將軍」舉起軍刀瞄準響因意志消沉而低下的頭。響在她舉起軍刀的前一刻，擠出最後的力氣。

第一步，響先動起她的腳。跪地的膝蓋摩擦地面般向前抬，改成單膝跪地。由於只是移動腳部，舉起軍刀的將軍並未察覺她的舉動。

第二步，響猛力舉起雙手，並非為了擋住刀身，而是瞄準將軍單手握住的刀柄與她的手。

「——！」

不得不說「將軍」的反應太精彩了。她發現響的攻擊比起空手接白刃，更像是要奪取軍刀與

防止斬擊後，立刻鬆開單手握著的手槍。響瞄準手和刀柄的掌打雖然不會造成傷害，但只用單手接招可能會失去平衡，導致軍刀被奪走。

「將軍」暫停揮下軍刀，將另一隻手移動到刀柄上，雙手確實緊握後，看準時機再次展開斬擊。

她的反應迅速又靈敏。若是以單手揮下軍刀，肯定會被擋下，導致斬擊失效，使戰況陷入膠著狀態吧。

不過，其實響最害怕的也是上述的狀況。

「將軍」以雙手緊握軍刀，一揮而下。響則是以掌根用力向上推來應戰。

激烈碰撞。「將軍」在從單手改成雙手執行斬擊時動作慢了一些。揮刀的那一方比較有利是毋須說明的道理，但因為動作稍慢，導致「將軍」作用到軍刀的力量減弱了一點。

激烈衝突的結果是不分上下。軍刀在完全揮下之前，被從下方往上推的力量制止了。

不過，「將軍」並未因此慌了手腳。無論是響從現在的姿勢站起來，還是朝自己撲過來，她都已經擬好對策。

她要再次施展斬擊，斬斷響的頭，這場戰役就告終了。理應是這樣才對——

沒想到響的最後一步既非「站起來」，也不是「撲過來」。她的目的是在剎那間阻止堅持用軍刀斬斷自己首級的「將軍」的動作，然後趁著她靜止的瞬間「撿起她剛才扔下的東西」。

「啊————」

響的手上握著〈狂狂帝〉。如同精密機械的短槍正不偏不倚地瞄準「將軍」。少女高舉著軍刀，卻心知肚明。

——啊啊，這樣來不及了。

開槍。準確瞄準後，釋放含有殺意的子彈。筆直向前衝去的子彈從胸部侵入，貫穿心臟，造成致命傷。

因衝擊而向後仰的「將軍」連揮下軍刀的力氣都沒有。

而緋衣響毫不留情。既然決定要生存下來，便沒有餘力同情礙事的對手。所以她一邊站起來，再次扣下扳機，發射了五枚子彈，不留任何活路。即使如此，除非她完全消滅，否則響依然不安、絕望地不敢放下槍。

「將軍」用手抹了一下自己的胸口，看見手上沾滿的黏稠鮮血——有些滿足地露出微笑。

「…………好身手。」

這句讚賞發自真心，語調蘊含著奇妙的感情。

她是剛剛才誕生的分身，不過是模仿女王的生命體罷了。然而奇妙的是，她的讚嘆裡帶有安心的意味。

也許是因為這樣，響不自覺地吐出這句話：

「我也是。」

「……？」

「反正我也命不久矣。」

面對不到一分鐘便會逐漸消失的少女，響有些自暴自棄，一反常態地說出真心話。

「真不像妳。」

「妳又懂我什麼了？王八蛋！」

響咬牙切齒，「將軍」便淺淺一笑說：

「我懂……我當然懂。不過，緋衣響選擇了『那條道路』，那麼責任當然在妳身上。」

「這——」

「去吧，前進吧，開拓斬新的道路吧。妳就是這樣的生物不是嗎？」

聽見這番話，響嚥了一口口水。這個人真討厭，比我還了解我自己。響如此心想，轉過身。

背後安靜無聲。沒有必要回頭。響對她的行動瞭如指掌，肯定直到最後一刻都不放棄，撿起響放下的〈狂狂帝〉試圖扣下扳機。

「——啊啊。」

然後發現根本沒有力氣這麼做，於是發出死心的嘆息。

山打紗和留下的最後一名分身方才消失了。

其餘的敵人只剩一人。而那最後一人，緋衣響不能出手。沒辦法出手。

所以，接下來只須為自己行動。

「嗯。我會勇往直前，開拓道路！」

因為緋衣響別無選擇。

◇

熟悉的客廳本應是享受小憩片刻的場所，如今卻化為腥風血雨的戰場。山打紗和踢飛家庭餐桌，而時崎狂三不把飛來的餐桌當一回事，開槍破壞。

將溫暖的回憶全都捨棄不要。

只專心對敵對者展開破壞行動。狂三與紗和早已是對峙的子彈和利刃。

〈刻刻帝〉的槍將牆壁捅成馬蜂窩；〈狂狂帝〉的軍刀發出呻吟，毀壞屋內所有充滿回憶的物品。

然後，行使彼此的能力。

「【一之彈】。」「【金牛之劍】。」

狂三與紗和各自加速。多發子彈齊射，同時展開突擊的狂三，與將軍刀刀尖指向標的衝去的

紗和。

雙方負傷交錯而過，子彈與刀刃對彼此造成輕傷。不過，兩人判斷傷勢「能忍」後，面向後方。

——多麼美麗（醜陋）啊。

——多麼醜陋（美麗）啊。

彼此如此思忖。渾身是血，靈裝到處破損，汗流浹背，因痛苦而皺起臉。

即使如此，即使如此，身體還能活動，還能操作武器，殺意也依舊沸騰。

只是，狂三突然冒出一個念頭。在這個客廳度過的時間確實是存在的，不論是自己與可愛的貓咪玩耍，還是與他們一家人共進晚餐的時刻。

那些全都被當作單純的障礙物破壞。享用完晚餐的美麗餐盤、喝熱可可的大杯子、珍藏的銀燭臺全都被破壞，散布在半空中，此刻如雨般傾瀉而下。

毫不後悔，也未感悲嘆，只是覺得這路途走了好遠。感覺人生的無常、無謂的回憶這類想法在思考的背面微微發光。

身體動了起來。狂三刻意以後退的方式踏入通往玄關的走廊。

紗和緊追在後。紗和的家算富裕，走廊滿寬敞的——不過也只是比普通人家的走廊大一些，無法順利揮舞長槍。

紗和舉起短槍射擊，一邊拉近距離。狂三也躲避子彈避免造成致命傷，同時予以反擊。果不其然，在走廊已無法做出像剛才那樣讓自己如陀螺般旋轉，並用長槍射擊這種雜技般的動作。

另一方面，紗和卻還能用軍刀突刺。

「【金牛之劍】！」

狂三跳躍閃避朝她衝來的紗和，朝牆面一蹬，跳向更上方。

她感到一陣惡寒。沒錯，這個走廊有三個選項。現在以支配者的權限封印住的玄關，以及剛才交戰的客廳，最後是通往二樓的走廊……！

「迴避……【雙子之彈】！」

「——休想得逞！」

狂三踹了一下牆面，再朝扶手一蹬，一邊上升一邊旋轉，舉起長槍瞄準在一樓仰望的紗和比較快。

然後，不給她用【雙子之彈】分離的時間，直接以長槍從正上方往正下方狙擊。紗和使用【雙子之彈】分裂的途中，還沒分裂完，子彈就先從她的肩頭貫穿至腹部。

「嘎啊……！」

女王發出怒吼，飛向二樓。她的腦海並未浮現逃跑的念頭，想報復讓自己中招的對方——倒也不是沒有冒出這種想法啦，但有比這更重要的事。

如果接下來的所有招數都沒有出差錯，「我肯定能戰勝狂三」。

全身迸發出電流般的快感與鬥志。我要在這裡打倒她，一定要打敗她。這裡是我家，哪裡有什麼東西我全都瞭如指掌。

身為人類時的記憶與憎惡都不曾淡化過。

所以，在這裡戰鬥固然痛苦，但二樓必定存在著能阻止時崎狂三行動的東西。

她獻上祈禱，不是向神，而是向自己。希望能不留悔恨地戰鬥到最後一刻。

時崎狂三記得山打家的二樓有山打紗和的房間。她的房間比客廳小，但房間中央應該有足夠的空間能揮舞長槍。當然，若是被逼到角落，槍托有可能會卡住。

狂三試圖從久遠的記憶中喚醒山打紗和的房間。然而，除了寬闊的印象，其他事物都模糊不清。

頂多只能想起有張書桌，其他——

「啊啊，對了，我只顧著跟栗子玩耍，幾乎沒注意到其他東西……」

如今才發現令人挫折不已的事實，狂三一個頭兩個大。

不過，應該不影響戰鬥。狂三進入紗和的房間後，輕盈地降落到房間中央。

啊啊，好懷念啊。雖然常在客廳玩，不過在這個家最熟悉的當然還是紗和的房間。

光是看到抱枕、床鋪、小桌子、絨毛娃娃，回憶便如潮水般湧現。這房間濃縮了山打紗和這名少女安穩柔和的生活。

胸口發疼。不是開玩笑，心真的在嘎吱作響。因為山打紗和與時崎狂三在這裡度過的時光真的純真無邪。

那段日子絲毫沒有感受到任何惡意、鬥志、絕望、殺意與希望。

一想到這裡便後悔不已——另一方面，狂三用力踩踏位於房間中央的小桌子，專注思考著紗和會從哪裡發動攻擊。

因為生存本能與鬥志同時對她發出警告，要她先將注意力集中在眼前的戰鬥上，否則會喪失寶貴的性命。暫時先將後悔擱置於腦海角落。

……狂三的思考本來應該是正確的，目前沒有餘力去想多餘的事情。不過唯獨此刻，後悔才是正確的選擇。

要麼就把後悔完全拋諸腦後，要麼就應該正視後悔，面對自己所犯下的罪過。

「【巨蟹之劍】。」

狂三聽見這個聲音與〈狂狂帝〉發動的輕微聲響後，遵從自己的直覺，立刻朝自己射擊【一之彈】。

房間的牆面瞬間發出強光。

狂三理解那是橫掃過來的斬擊後，為了閃避軌跡，理所當然地跳向後方。

身體壓上另一側的牆面後，斬擊通過眼前。奇妙的是，牆壁竟然沒有被破壞。狂三判斷「這個招式應該就是會達成這種效果」吧。

然而下一瞬間，她領略到了那是自己判斷錯誤。因為狂三之所以會採取那個行動，純屬偶然。牆壁雖然沒有被斬擊破壞，室內擺放的物品卻遭到了破壞。

滾落在地的小貓玩偶是狂三買來送給紗和的伴手禮。狂三幾乎是下意識地屈身彎向前方，想撿起那個玩偶。

斬擊──而且是從「相反側的牆壁」襲來。正想彎下身的狂三直接趴倒在地。斬擊通過，與上一刻閃避的前方斬擊衝撞在一起。

「什麼……」

這怎麼可能。要在幾乎同一時間從房間兩側的牆壁釋放斬擊，除非讓時間停止，否則不可能做到……不，不對，〈狂狂帝〉的能力是支配空間。

那麼剛才的斬擊是──

狂三一邊思考一邊再次移動到房間中央。如果待在角落，很難防止透過牆壁而來的斬擊。

不過，狂三判斷很難離開房間。這個房間有一扇門，假如移動到那裡，紗和便會偵測到她的氣息，從走廊朝房門釋放出斬擊吧。

狂三想起白女王曾經發射過的削減空間的子彈，把【巨蟹之劍】想成擁有相同特性的劍應該較為妥當。

蟹——兩道斬擊——幾乎同時施展。不，不是幾乎，而是「完全同時」。

狂三原本站的桌子發出嘎吱聲，於是她在跳躍的同時扭轉身體，脫離現場。

果然如狂三所料，從桌子正下方發生斬擊的同時，從天花板也發生斬擊，互相衝撞。

要是只以縱向閃避，肯定直接命中。

「不過，這下子總算看清了……！」

紗和釋放的【巨蟹之劍】能力是穿透空間，「產生包夾式的斬擊」。釋放一擊，同時仿造相同的斬擊，從左右包夾目標。

包含穿透空間的這種特性，可說是威力強大的奇襲劍技。

因為紗和只需單純釋放斬擊就好。如此一來，另一個斬擊便會自然產生，包夾試圖閃避攻擊的目標。

「不過，這可真是一招奇襲劍技啊。使出兩次是妳的失策。」

狂三確信只要看破法則，環顧四周，注意斬擊從何處發生就好。畢竟是以包夾自己的方式產生，連看都不需要看一眼。

接下來的一擊便能確認自己的想法是否正確，並且朝發生的源頭射擊〈刻刻帝〉。狂三如此

決定，耐心地等待下一次攻擊。

果不其然，第三次斬擊是從房間的天花板右邊角落描繪出斜斜的軌道襲來，另外又有一道相同的斬擊從反方向襲來。

狂三閃避的同時，舉起長槍與短槍指向斬擊出現的方向。

射擊。立刻六連發——感覺有打中。她堅信對方一定受了傷。狂三心想：現在正是逃離這個房間的大好時機。

「………啊。」

然而她「動彈不得」。

因為最後的斬擊破壞了書桌，將擺放在書桌上的相框擊飛到半空中。

那是時崎狂三與山打紗和的快照。還不知道天空呈現血色的時期；被純真的幸福包圍的時期。時崎狂三捨棄的東西；山打紗和被奪走的東西。

剛才被封閉在腦海深處的後悔排山倒海般湧來。

換算成時間是兩秒。時崎狂三凍結在原地。倘若這是處於與對方相對的狀態，狂三或許能選擇戰鬥，而不是僵在原地。

可是，房內空無一人。狂三閃避了三次斬擊，在反擊時稍微疏忽了。

她發現來不及對自己射擊殺手鐗之一的「那枚子彈」。因為，紗和早已開完槍。

一秒移動場所，一秒裝填，一秒發射。

「——【射手之劍】。」

那是白女王的殺手鐧之一，既是劍，亦是子彈；既是子彈，亦是劍。擁有超過一〇馬赫的超快速度與剜挖整個領域的破壞力。

過去之所以不曾使用，是因為沒有遇到合適的狀況。

只要與敵人對峙就會被看穿。

在施展招式之前，對方便早已採取對策。而且使用過一次後，就無法使用第二次。

——不過，現在一切的狀況都十分適合用這一招。

狂三一時大意，跟丟了紗和。她不小心仰望了天空，錯失使用〈刻刻帝〉的時機。因為天花板，導致她較慢理解紗和的意圖。

一切狀況都對白女王有利。

統轄空間的她對【射手之劍】的要求是破壞。筆直飛去，所經之處寸草不留，令人毫無招架之力的一擊。

狂三無法抵抗。沒有招數可以抵抗。狂三沒有比這一擊快速的招式。

「振作一點啊，『我』！」

這句話不是狂三本人，而是狂三分身發出的。而且有一名狂三搶先在這句話說出口前，從影

子裡溜了出來。是誰提出最好讓一名狂三事先潛藏在影子裡的呢？是處於這個鄰界的本體？還是分身們？

狂三記得她的模樣。那是一名模仿十年後的時崎狂三的優雅美女。

而她採取了在這個狀況下唯一可能的行動。

「啊——」

她保護了狂三。

保護了在這個鄰界的時崎狂三本體。她張開雙手，試圖承受那道光。

（住手……快住手……！）

一道強光來襲，令狂三連一句話都說不出口。但是，那道光並未擊中「她」。狂三分身被光刺穿，屍體從局部逐漸融化。不過，她是盾。分身消散後化為靈力，只不過是能量體，即使如此，為了乾坤一擲——選擇以能量體的狀態硬碰硬並消失。

狂三本想開口說「住手」的嘴立刻閉上。

不能讓她的犧牲、她的當機立斷白費。

當然，如此脆弱的盾——分身的防護，換算成時間連一秒都不到。

不過狂三利用這一瞬間對自己射擊子彈。

「——【十一之彈】。」

龐大的靈力、龐大的殺意、龐大的破壞能量。

山打紗和，或是該說白女王，把天花板，甚至是整棟房子摧毀後，心滿意足地望著地上。

同時，也對殺死時崎狂三深深嘆息。竟然殺死摯友，多麼悲傷、多麼噁心、多麼不愉快、多麼絕望啊。

山打紗和，抑或是白女王，若無其事地接受這駭人的雙面心情。

誰教她一時疏忽，令人有機可乘，所以自己才殺了她。

誰教她曾經與自己交好、對自己敞開心扉，所以才會被殺。

自己把生命當作籌碼，在遊戲中取勝。為此，她燒燬自己的家；為此，她將一切託付給時崎狂三仍對山打紗和懷有舊日情誼的推測上。

被【巨蟹之劍】破壞的書桌上那張照片肯定會吸引時崎狂三的目光。

就這樣，她望著龐大能量消失後空無一物的空間——

「——什麼？」

這次換山打紗和疏忽大意了。她驚愕得腦袋當機，愕然得停下動作。理應空無一物的空間，所有東西全都消滅的空間，被【射手之劍】剜挖而浮現出的球體空間，竟然出現一個人。

站著一名不可能出現的少女。

當她用槍指向自己時——頭腦開始運轉。

當她扣下扳機時——思考化為行動。

當她發射子彈時——雙腳移動，試圖閃避子彈。

當子彈逼近而來時——飄浮在空中反而成為妨礙。明明只要向後退，卻需要多加一個步驟——操作意識來完成。

子彈射進體內——即使如此，只中一發子彈的話還不成問題。就算是【七之彈】，她也沒有足夠的破壞力殺死自己。

山打紗和猜想得不錯。她對此事一無所知，時崎狂三曾經發射【七之彈】卻無法殺死某個精靈。

沒有分身存在這一點占了非常大的因素。單憑時崎狂三一人，無論如何都無法一口氣、一瞬間、立刻打倒女王。

然而，位於紗和內心更深處的本能卻否定了這個安逸的想法。

——那麼，為何狂三會活下來？

她身中子彈，一邊思考。沒錯，這一點太奇怪了。首先，狂三不可能活下來。不論是幸運還是犧牲，挨了那一擊，沒有理由還活著。即使用【四之彈】也絕對來不及，無庸置疑是會導致立刻死亡的一擊。

——剎那間，紗和察覺到。

無數的知識、無數的情報如同腦內網絡連結在一起。

白女王曾經讓其他時崎狂三招供〈刻刻帝〉的能力。

加速（一）、減速（二）、老化（三）、回歸（四）、預見未來（五）、連結過去（六）、停止（七）、召喚過去（八）、無視時間（九）、讀取記憶（一〇），以及掌管穿越時空的十一與十二之彈。

不過，穿越時空是被封印的子彈。況且在鄰界的時序概念並不固定，發現自己在二十年前死亡的準精靈是在五年前來到鄰界，一年前迷失的準精靈則是在十年前來到鄰界。

因此，就算用十一和十二之彈也沒有意義，而且使用這兩枚子彈也不會因此得到好處。即使回到過去試圖殺害白女王，指向「過去」的指南針也找不到準確的方向。

——不過，可是，然而……

第五領域，火焰與幻想的不毛之地，有地下城、有技能，能以翻騰的靈力竄改自己無銘天使的終極試練領域。

「能竄改」。

她竄改了嗎？

竄改在這個鄰界美麗得堪稱藝術級的〈刻刻帝〉？她順從自己的私欲，玷汙了〈刻刻帝〉？

啊啊——

一看便知。〈刻刻帝〉美麗的錶盤上，六的部分早已破損，但仔細一看，十一跟十二也損壞了……不，是被改壞了。更換成諂媚墮落的裝飾數字，而非孤高的美感。

而那個錶盤上的十二正散發燦爛的光芒。

這枚子彈是什麼？是讓對方停止嗎？還是殺害對方？可以肯定的是絕對跟時間有關。不過，就算停止時間，自己也無所謂。能贏，一定能贏。只要撐過這枚子彈，擬出對策，絕對能扭轉乾坤。撐下去，撐下去啊，山打紗和。

「我／我／我，才不會在這種地方……結束……！」

聽見她的吶喊，時崎狂三頷首呢喃：

「沒錯，不會結束。這枚【十二之彈】是開始的子彈，是為了打倒妳所鑄造，我精煉而成的子彈。」

於是，子彈鑽進紗和的胸口。

紗和並不感到痛苦，也不覺得身體有任何異常。時間並未加速或減速，也沒有停止的跡象。

只是——

「咦？」

墜落，她在墜落。並非自己從空中下墜，身體與視野都沒有變化，白女王的肉體依舊存在。

下墜的是她的意識，感覺就像被拖進深海。山打紗和體會到許久不曾感受到的恐懼。

對墜落感到恐懼；對被扔到自己不能存在的領域感到恐懼。

對山打紗和而言，那是在這個第一領域感受到的最後的感情。

○Farewell My Friend

著地。

本以為會無止境地墜落，沒想到很快便著地了。紗和環顧四周，有些疑惑。

然而她立刻便理解這裡並非第一領域。黑暗的空間裡有一張質地堅硬的玻璃床、純白的圓桌與兩把搭配圓桌的椅子。

「等很久了嗎？」

「……我沒有……在等……不過，這裡是哪裡？」

紗和一臉困惑地說道。

「我先聲明。我沒有帶〈刻刻帝〉，妳身上也沒有〈狂狂帝〉。」

「……哇，真的耶。」

紗和望向自己的手掌。

〈狂狂帝〉不在手上。雖然身上沒有武器令她不安，但更令她不安的是現場的狀況。

「呃……我該怎麼做才好？」

「妳的問題是指該怎麼做才能殺了我？還是該怎麼做才能獲勝嗎？」

「算是吧。」

畢竟我是為此才來到這裡的——紗和說了。

「——妳當然做得到。」

狂三說完，嘻嘻笑了笑。她的笑容蘊含著信賴，紗和突然意會到應該不能跟她戰鬥。

她在椅子上坐下，桌子對面是時崎狂三。

「所以，要怎麼做才能贏？」

「在那之前，先讓我說明這顆子彈是『什麼性質』的子彈吧。」

狂三與紗和之間突然出現一只茶壺。狂三站起來，以優雅的姿勢將茶壺裡的紅茶倒進茶杯。

「加兩顆方糖，一顆奶球……可以嗎？」

「嗯，妳沒記錯。我的口味沒什麼變呢。」

紗和對狂三的提問苦笑道。和緩的空氣、融洽的氣氛、溫和的紅茶。

紗和毫不猶豫地品嚐狂三遞給她的紅茶。事到如今，也沒什麼因果關係必須懷疑對方下毒。

「啊，好好喝。」

「是啊，妳喜歡阿薩姆吧？只不過，這是回憶中的味道，也不知道是否有重現就是了。」

「我想，是這個味道沒錯。」

「是嗎？」「是啊。」

彼此笑了笑。

然後，狂三輕聲宣告：

「擊中妳的子彈是【十二之彈】，能力算是【七之彈】、【九之彈(Tet)】跟【十之彈(Yud)】的綜合體吧。」

「……綜合停止、無視時間跟讀取記憶這三種能力……」

——原來如此。紗和表示理解。

「這裡就像是精神世界，類似時間停止，共享彼此記憶的場所吧。」

「……紗和的洞察力有點可怕呢。」

狂三也微微露出僵硬的笑容。雖說對方掌握了子彈的能力，但一瞬間就回答出來實在讓她面子掛不住。

「真過分耶。」

紗和——依舊頂著白女王的面孔，有些鬧彆扭似的鼓起臉頰。

「總之，妳的推斷是正確的。這裡是我和妳的精神世界。」

「那麼，還是可以展開廝殺不是嗎？」

「不能，沒辦法。如果殺了我，或是妳死掉，這個世界便會『保持原狀』，變成永遠出不去

的牢獄。」

紗和聞言，陷入沉默。

紗和相信狂三所言不假，她一點也不認為狂三在虛張聲勢。

因為她十分清楚在此時此刻的這種狀況下有多麼危險，時崎狂三是不會說謊的。

「那麼，也可以故意殺死妳，或是自己尋死吧。」

「那樣稱不上勝利。」

「……妳覺得我在追求勝利？」

聽見這句話，狂三微微皺起眉頭。的確，假如她是真的……決意為了向時崎狂三復仇而犧牲性命，那或許也是一種手段。

紗和皺起臉，感覺周圍有些搖晃。

「我已經做好心理準備了。就算要背負那樣的風險，我也——」

「狂三妳也怎麼樣？」

「……沒事，繼續剛才的話題吧。關於【十二之彈】的規則……」

狂三再次滔滔不絕地說明關於這枚子彈的規則，如歌唱般侃侃而談。

「這是心靈之間的勝負。如果我的內心受挫，我的世界就會崩毀，現實中的我便會變成不會說話的人偶，而妳則會以勝者的身分凱旋歸來。剛剛我的背後有些搖晃對吧？」

「那是把內心的動搖直接表現出來吧。嗯，我懂了。那麼，我有一個問題。」

「有什麼問題儘管提出來。」

「——狂三妳的勝利條件是什麼？殺死我嗎？」

「不是。我的勝利條件只有一個，就是讓山打紗和與白女王成功分離。」

聽見這句話，這次換紗和的世界動搖。

「……妳不可能做到。」

「不，有可能。山打紗和與白女王是因為共犯關係才結為一體。不過，那不可能連思想和思考都完全達到一致。」

——因為山打紗和只是個隨處可見的普通少女，白女王卻是難得一見的孤高反轉體。

兩人之所以結合，只是為了對時崎狂三復仇這個目的。

「所以，我判斷有可能。」

「……妳相信山打紗和？」

「是的，我相信紗和。」

搖晃立刻停止。紗和的臉上浮現壞心眼的笑容。

「妳真的認為可以相信我？」

狂三微笑。

不久，山打紗和便理解了這個世界的規則。內心動搖、被說服、心靈受挫的那一方將敗北。不用任何槍枝、子彈、軍刀、利刃的最後戰役。

——不，與其說戰役……

「那麼，紗和，開始最後的約會吧。」

應該稱為約會比較恰當吧。

◇

「沒想到有一天我們能像這樣平靜地聊天。」

「畢竟直到剛才為止，我們還在互相廝殺嘛，這也無可奈何。除了紗和的臉不是紗和以外，就像回到從前呢。」

「妳想回去嗎？」

「……這問題很難回答呢。我有時確實想回到過往的時光。因為我是分身，回去的話就會消失。即使如此，我的思考基本上與本體沒什麼太大的差別。如果假設我是本體，我的回答應該是一半一半吧。」

「剩下的一半呢？」

「我們有罪。直接抹消那個罪過，妳不覺得太厚顏無恥了嗎？」

「也是——殺了我也算罪過吧？」

微微倒抽一口氣的是誰呢？

「是啊，當然是罪過。而且那並不單指讓妳喪命這件事，妳犯下的罪過也是我們的責任。」

「——開什麼玩笑。」

與其說內心動搖，更像是憤怒導致紗和的世界搖晃起來。

「『隨便殺了別人，又隨便把責任往自己身上攬』，真是荒謬。」

「那麼，紗和妳犯下的罪過是屬於妳自己的嗎？如果我沒有殺害妳，妳也不會蹂躪其他準精靈了吧？」

彼此的世界毫無晃動。罪過是罪過；懲罰是懲罰；救贖是救贖。另外，責任是責任。

「狂三，妳那是結果論。『是我選擇殺戮的』。我捨棄了倫理，選擇了感情與生存。我不想讓妳背負這些責任。」

感情是復仇；生存是欲望。

「……是嗎？」

「沒錯，狂三。」

「那麼假設我死了，妳也打算一直重複這些行為嗎？只要完成復仇，妳就失去目標了吧。」

「————」

沉默。紗和的世界微微晃動。

「我有目標。」

「妳的目標是生存下去嗎？」

「迎接國王，破壞這個世界。」

「那是過程。破壞世界後，妳會放棄生存吧？」

「……或許吧。妳死掉以後，我會有什麼後果都無所謂。」

指責她不負責任很簡單。

不過，山打紗和不認為責任在於世界。即使能力愈大責任愈大，她也不是英雄，也並非下定決心要這麼做。

「那真的是山打紗和的意志嗎？」

「……是啊。」

紗和背後搖晃的世界告訴狂三她在說謊。

「紗和，妳——其實想就此罷手吧？」

「怎麼可能。妳的依據是什麼？」

「妳以前很溫柔的。」

「就憑這一點？」

「喜歡社交、喜歡學校、喜歡父母、喜歡貓咪、喜歡世界。我實在不認為這樣的妳會選擇毀滅世界。」

「那是以前的山打紗和吧。」

「現在也好，以前也好，人是不會有太劇烈的改變的。唯一能相信的，就只有紗和憎恨我這件事。」

「————」

沉默。世界再次晃動。

「所以我要說服她，不可以毀滅世界。」

「妳好像在上道德課呢，好像會問出『為什麼不可以殺人呢？』這種問題。」

「不可以小看道德這件事。因為殺了人會很難過吧？」

「也有人不會難過。」

「但妳會難過對吧？我才不管其他人會不會難過。」

「……也是。我或許會難過吧。」

「這就是妳和白女王的不同之處。」

瞬間，紗和瞇起眼。狂三見狀，立刻領悟了。

——我剛才好像弄錯了。

可是到底弄錯了什麼？白女王與山打紗和不一樣。對狂三來說，這是理所當然的事。要對理所當然的事情產生懷疑。

這樣的警告在狂三的內心一閃而過。

「我說狂三，白女王也一樣喲。妳不覺得就算反轉，應該說正是因為反轉，她才擁有慈悲的心嗎？不像妳。」

「我也有慈悲之心好嗎？」

狂三鬧彆扭似的反駁。

「妳沒有。因為說得極端一點，把世界跟『他』擺在一起衡量的話，哪邊比較重要？」

「這個嘛——」

選哪邊才是正確的呢？

時崎狂三的世界開始搖晃，愈來愈激烈。

「妳會選擇他，而不是世界。就算世界毀滅，妳也會以意中人的性命為優先。我也是，就算世界毀滅，我也會以我的目的為優先。看吧，我跟妳又有什麼不同呢？」

「————」

狂三陷入沉默，即使想反駁也無言以對。

「所以，我會以我的目的為優先。就算世界毀滅我也不在乎，只要妳滅亡就好。」

紗和站起來。

「妳要去哪裡？話還沒——」

「妳要繼續吧。但我不想在這種殺風景的地方，換個場所吧。」

紗和輕輕揮動手臂，選擇了對自己有利的戰場。杏櫻女子學院的走廊。連來來往往的學生都重現出來，狂三對她的一絲不苟感到吃驚。

雖然學生的臉孔模糊不清就是了。

「好了，狂三，我們走吧，像從前那樣。」

紗和如此說道，邁開腳步；狂三連忙跟上去，挨近她身邊。那是昔日曾經有過的光景，無法再次回復的時光。

明明已不復記憶，身體卻還殘留著印象。

「所以狂三，妳是分身吧？」

「……真是會戳人痛處呢。沒錯，我是分身。」

「事到如今，我也不會說本體才是真貨，分身是冒牌貨這種話。就算只是截取過去座標的一點，時崎狂三就是時崎狂三，這件事不會改變。」

「謝謝……？」

即使感到困惑，狂三還是先道謝。

「不過換句話說，『因為時崎狂三存在於現實世界，這裡的妳是不被需要的』。」

「只要妳企圖讓鄰界崩毀，我想我就是被需要的。」

沒錯。紗和如此回答——出其不意地宣告。

「那麼，只要在打倒妳之後，我也跟著滅亡就好。」

「……咦？」

世界劇烈晃動。

「我再說一次。對我而言，只要能殺死妳一次就好，這樣我就心滿意足了。我根本不在乎世界會變得如何，只要能殺了妳就好。」

「才沒這回事吧……！」

「——我的確策劃過許多計謀。我要呼喚國王■■■■前來鄰界，將構成空無或準精靈的能量全部集中在國王之下，『竄改世界』。因為即使無法讓時間倒流，並不意味著我無法竄改我曾經生活過的世界。」

「『蹂躪戴冠』——」

「嗯。不過，只要妳死在這裡，我也可以不執行這個計畫。當然，如果支配者們想要我的命，我也可以答應。」

「只要我死，一切就解決了」。

「——怎麼樣？」

「讓……」

讓我考慮考慮。狂三本來想這麼說，卻緊急踩了剎車。因為當她說出那句話，恐怕她的心靈便會受挫。

狂三會因此喪命，讓紗和獲得勝利。當然，如果山打紗和遵守諾言，之後她也會立刻選擇死亡。

而且狂三並不認為山打紗和在說謊，她大概真的覺得死也無所謂。

不過——

「妳說的話一定是真的吧。」

「那是當然。」

「不過等我死後，妳未必還會那麼想。如果妳改變心意選擇活下去，一切都完了。」

「我會確實遵守承諾。」

「不像我，是嗎？」

聽見狂三詼諧的玩笑話，紗和苦笑。

「……妳並沒有不遵守約定吧？」

「除了對妳，我也常常對別人背信忘義……」

——見不到想見的人。

——不想與朋友分別，卻沒有老實告訴對方。

明明應該打倒的敵人就在眼前，卻無法釋放殺意，或許也說得上是背信忘義吧。

熙熙攘攘的吵鬧聲，心情竟莫名平靜。死亡這個選項果然不值一提。

「關於妳剛才的提議，還是恕我拒絕吧。我還想活著見人呢。」

「『那個男人』？」

「一半一半吧……不對，算占了八成的理由。剩下的兩成是妳，紗和。」

「……妳可別說想拯救我這種話喔，狂三。」

「我才不會說。因為妳跟我一樣，都無可救藥。」

走廊的喧鬧聲即使過了休息時間依然持續著，鐘聲也沒有響起。

走到走廊盡頭的兩人不約而同地爬上通往頂樓的樓梯，打開沉重的鐵門。

清爽的風迎面吹來，不見原本應該存在的防墜欄杆。

「哎呀、哎呀。」

「沒有欄杆，視野比較好。」

「這一點我同意。」

一望無際的蒼穹與巨大無比的積雨雲。好美啊——狂三忍不住覺得這景色實在太美了。

「那麼，可以繼續剛才的話題嗎？」「當然可以。」

狂三與紗和如此說道，在長椅上坐下。

「紗和，我從很久以前就在懷疑了……不，我跟她並沒有長時間交流到可以懷疑，應該說這只是我的推測。」

「嗯，什麼事？」

「『其實根本不存在所謂的反轉體人格吧』？」

——這件事讓她一直猶豫到底該不該說。

狂三很早以前就有些疑慮了，直到剛才的問答，狂三才確信。當自己對紗和說出「她與白女王不同」時，紗和那分不清是不快還是悲哀，困惑地皺起眉頭的臉。

那個表情大概是想說「並沒有不同」吧。

「妳所操縱的複數人格是妳自己編造出來的。身為反轉體的力量除了〈狂狂帝〉與外表，早已不復存在了……對吧？」

「……沒錯。從我墜落到這裡，自始至終都是山打紗和，不同的是外表跟能力。因為在現實世界，我……」

早已化為一團火焰。

從山打紗和的內心來看，她「嚴重缺乏身體情報」。

「我想正是因為如此。我的確是山打紗和沒錯，但只有心靈、精神和過去的記憶是山打紗和。人類意外地會被肉體所影響。」

「被肉體影響……？」

「我的父親個性認真又溫柔，總是笑臉迎人，可是一旦開車就會變得有點易怒，會因為一些雞毛蒜皮的小事咂嘴，或是不耐煩地用手指敲方向盤。」

狂三點頭回答：「這種事還滿常見的呢。」

「不是有科幻故事描寫人類得到機械肉體後性格大變嗎？就跟那種情況一樣。人的靈魂會因為肉體這種容器而變質。」

「那麼，反轉體的心——」

「沒有。可能是締結契約後就滿足了吧，或是維持人格其實挺辛苦的。要一直憎恨一個人，意外地滿不容易。」

「就是說啊。」

狂三也深有同感。比如——這只是不可能成立的假設。

假如扭曲時崎狂三命運的那個女人想乞求狂三原諒，不管狂三怎麼指責，她都全盤接受，而且會受到與自己的罪行同等的刑罰。

狂三或許就能停止憎恨她了。

不過，這種假設根本不可能成立。她繼續暗中活躍，而狂三則不斷地再追蹤她。

憎恨以外的使命感。

為自己被欺騙而犯下的罪行贖罪。

如果沒有這兩種理由，時崎狂三也許早就屈服或將一切忘得一乾二淨，選擇安穩地過生活。

然而，這是太沒有意義的假設。

相反地，山打紗和則是——

「紗和，妳不恨我嗎？」

「理應是恨的。嗯，應該恨吧。我一再告訴自己，我沒有錯，錯的是狂三。都是狂三的錯，所以我好恨，一切都是狂三的錯！」

紗和自暴自棄地如此吶喊後，突然仰望天空。

狂三能理解她的心情。剛才那些話並不是真心話，反倒恰恰相反。

紗和無法這麼認為。就算強逼自己相信，也還是無法這麼想。

自己做了壞事。

做了不被原諒的事。

現在也依然在做。

在做壞事，也在做不被原諒的事。

不會有人向自己問罪，也不會受到懲罰。

可是，內心有東西在嘎吱作響。

每個人都有，卻不把它放在眼裡。如果夠強，就能忽視它；如果太弱，便無法面對它。

人們稱它為良心。

「我隨便說說的，我自己並不那麼想。不對，是不再那麼想了。」

彼此的世界搖晃。狂三也漸漸理解紗和正坦率地說出真心話。

「我本來打算在見到妳後，向妳發洩我的怨言，把自己的罪推到妳身上，然後再殺了妳。結果我能做到的只有向妳發洩怨言。所以，搞不好其實——只是想見妳而已。」

「別說了，我要心軟了。」

狂三用雙手摀住臉龐。山打紗和說的是真心話。

結果正如紗和所說，要持續憎恨一個人需要龐大的能量和正當充分的理由。不是無法原諒，而是絕對不能原諒才行。

「我也快心軟了。」

紗和苦笑道。

平靜的空氣，和當時一樣。然而唯獨服裝、容貌，與過去疏離得令人絕望。

「欸，狂三，忘了剛才的提議吧。然後，妳覺得這樣如何？」

紗和以澄澈的聲音說了：

「——要不要一起死？」

陷入漫長的沉默。狂三的內心在動搖。罪過、懲罰、贖罪，這些詞彙掠過她的心頭。

眼前是徹底改變成另外一人的友人，而她的眼前也是已徹底改變的時崎狂三。

「讓我……」

狂三吐出剛才好不容易才收回的話。

「考慮考慮。」

◇

就這樣，紗和與狂三下意識地拉開距離。紗和留在頂樓，狂三則決定前往教室。

她知道自己就快要心軟。與其說屈服，不如說是豁達。並非絕望，反而較接近希望。

即使如此，自己還是靠著一心想見那個人的念頭走到了這裡。

然而——

事到如今，她卻覺得和山打紗和一起自殺也不錯。

因為紗和一直很痛苦，莫名其妙地被當成怪物、莫名其妙地被朋友殺害、被奪去容貌和過去，始終孤單一人。

做過的事全是絕對不能原諒的邪惡之事。

為了她耗盡生命的準精靈如繁星眾多。

但只要死亡，一切就結束了，不論是懲罰還是救贖。

一個人死掉實在太寂寞了，時崎狂三知道那種感覺。墜入那道影子時，胸口緊縮的感覺。

如果是兩個人一起死，或許就不會那麼寂寞了吧。

白女王死亡，鄰界存留下來。這是最理想的結局。

「我才不想見那個人。」

口是心非。

「我不記得他的名字，就連他的長相也模糊不清。」

口是心非。

「這樣還喜歡，未免太煩人了。」

這倒是說了些真心話。連狂三也認為自己確實有點煩人。

「況且初戀通常都不會實現呀。」

她用常識說服自己。

「而且、而且、而且——就算沒有我，那個人還有『時崎狂三』陪伴。」

戰鬥、戰鬥，不斷戰鬥。牽連、傷害周圍的一切，傲然挺立，最後一走了之。

然後誘惑我一同乞求赦免自己的罪過。

狂三認為如果時崎狂三只有一個人，大可不必聽取這樣的聲音。

但「我」們並非單獨一人，至少在現實世界，時崎狂三這樣的存在並不稀奇。

想必對那個人而言也是如此吧。不可能記得一起度過一天，不，是半天的少女。

……不過，如果外貌不同，那個人也許會記得自己。

但自己只是時崎狂三的分身；只是「眾多時崎狂三」其中之一。

就算重逢，也不可能認出我個人。

無論是被忘得一乾二淨還是不被理解自己究竟是誰，這兩個結局都不好受。

既然如此——

既然如此，在這裡結束或許也不錯。

狂三再次前往頂樓，拜託正在發呆的紗和一件事。

「妳能重現我們的城市嗎？」

她笑著說道：「當然。」然後讓狂三與紗和的家、狂三與紗和的學校、狂三與紗和的通學路復甦。

無人的家、無人的學校、無人的街道。

再次與紗和分別的狂三悠閒地走在街上。

時崎狂三失去的東西都在這裡，無可取代的珍貴回憶。

她決定回自己家。猶豫片刻後，打開家門。

「歡迎回家，狂三。」「妳回來啦，狂三。」

「爸爸、媽媽，我回來了。」

看見幻影。

溫柔的父母，永遠見不到、無法再次相見的兩人。想必很悲傷、很難過吧，明明那麼善良。

狂三忍住想哭泣的衝動，進入家中。不斷戰鬥的日子不得安寧。那是理所當然，但像這樣回到自家後，狂三才理解。

人是追求歸處的生物。儘管再破爛粗糙，只要有個歸處就能得到一點安心。

如果那裡有愛過的人，就更是如此了。

成為這個第一領域支配者的山打紗和或許能重現父母的幻影。至少如果拜託她，她應該會答應自己的請求吧。

要將之視為空虛或喜悅。

……都好。懷念之情令心頭一緊。那是分不清疼痛、悲傷還是歡喜的複雜感情。

真想永遠永遠這樣下去。狂三躺在床上，感覺安心——真想毫不畏懼地迎接早晨的來臨。

——啊啊，不過……

這裡沒有那個人，也沒有「她」。

那孩子大概會哭吧。不對，一個弄不好也許會生氣。畢竟她直覺很敏銳，或許甚至會氣時崎狂三做了不符合自己個性的選擇。

自己踏上了旅程。

過程艱辛又血腥，也留下了許多痛苦的回憶。

即使如此，若說這段旅程是否快樂——答案是肯定的。

為一些無聊的芝麻小事鬥嘴爭論，即使是無聊的芝麻小事，也會跟狂三說「如果那是狂三的夢想就無所謂」。

內心深處有即使澆再多水也不會熄滅的火焰。

回顧過往。

時崎狂三失去了懷念的回憶與記憶——以及，「再也不能挽回的東西」。

「對喔，我總是這樣。」

並非失去，而是自己選擇捨棄。

她承認自己無知，也承認自己被欺騙。不過，即使如此——

那是自己的選擇，選擇復仇與贖罪，是「我」們全體的意見。

本以為不會受到任何人認同；本以為沒有人能理解自己而感到悲哀。

……然後那個人出現了。不，那個人也並未認同我，而且始終對我保持戒備。

倘若有人知道狂三的過去，知道她的想法，還能毫不厭惡、害怕，願意直接面對她，那肯定只有那個人吧。

力量甦醒了一點。

即使艱辛、難受、痛苦、不被需要而被殺，一路努力至今是為了什麼？

為了重要的願望、無法捨棄的祈願。

——希望總有一天能再次見到他。

沒錯。無論有多少時崎狂三，或是狂三本人陪伴在他身邊，許下那個諾言的只有當時那一瞬間的時崎狂三。

狂三對父母的幻影微笑，低頭鞠躬。

「爸爸、媽媽，對不起。」

——我有意中人了。

——我想見那個人。

——我想抬頭挺胸、裝腔作勢、驕傲自豪地與那個人相遇。

狂三邁開腳步，父母伸出手挽留她。狂三就這麼直接穿過兩人。

感覺背後被推了一把。狂三熱淚盈眶。那只不過是幻影、幻覺、夢幻罷了。

不過，如果父母真的在這裡，肯定會默默地推她一把吧。

並且祈求——

自己的孩子能幸福。

「再見了，爸爸、媽媽，還有過去的我。」

狂三打開玄關的門，對於再也無法回到這裡感傷得想哭。即使如此，她還是沒有停下腳步。

山打紗和跟剛才一樣在校舍的頂樓等待時崎狂三。時刻是夕陽餘暉的黃昏時分，天空染成橙色，陰暗的雲朵通知不久後夜晚即使降臨。

用膝蓋想也知道狂三是否會接受自己的提議。如同自己經驗老到，時崎狂三也是如此。路程沒有交錯。

始終走上不同的道路。

她突然想起魯迅的《故鄉》，那也是描寫兩名走上不同道路長大成人的孩子的故事。

時崎狂三墜入情網，朝向未來邁步前行。

山打紗和則是以復仇為由，停留在過去。

就如同那兩名少年一樣，不會再交會。

「——紗和，可以聽我的回覆嗎？」

紗和聞言，從長椅上站起來。好像在等待告白一樣——紗和臉上浮現一抹苦笑。

「妳怎麼了？」

「抱歉，沒事。妳說吧。」

狂三深呼吸，將手抵在胸前，然後握拳。嘴脣顫抖，眼睛濕潤。

「對不起。我還是……想走向明天。」

即使那是絕望的未來、毫無意義死亡的明天——

自己也無法停下腳步。

紗和回應：「這樣啊。」彼此沉默不到一分鐘，卻感覺像永遠那樣漫長。

「嗯，那就沒辦法。是我……輸了。」

「……」

「妳可別道歉喔，不然感覺雙方會道歉個沒完沒了。」

兩人還是朋友時就是這樣。因為某些無聊的小事吵架，然後彼此不斷道歉說是自己不好。

「狂三。」

「什麼事？」

「我完全不後悔。明明做了一堆無法原諒的事，但我依然不後悔。」

「我也差不多。」

為了不後悔，所以向前進；為了不後悔，所以停下腳步。

「作為條件，我希望妳實現我一個願望。」

「如果是我能力所及的事……我會盡力去完成。」

紗和的願望可說令狂三感到有些意外。由於她不需要特別做什麼，便答應了。然而不管狂三怎麼追問理由，紗和也只是露出溫柔的微笑。

「那麼，就在此道別吧。」

「……是啊。」

回憶縈繞心頭。兩人想起，她們最初相遇是在開學典禮上嗎？不對，應該是在第一次換位子的時候。

兩人一拍即合到不可思議的程度。當然她們都有其他朋友，但感覺只有彼此會一起回家、一起遊玩。

因為沒談戀愛，會聊憧憬戀愛的話題。

坦白彼此意想不到的祕密，也曾一起旅遊住宿，一直聊天聊到睡著為止。

永遠的友情、永遠的友人、無可取代的朋友。

能獲得這些的自己是何其幸運啊。

不過，現在的時崎狂三與山打紗和已經記不清那些記憶。漫長的歲月、殘酷的戰爭奪走了兩人的鄉愁。

唯獨記得一件事。

「那時候好開心呀。」「是啊，非常開心。」

那樣就足夠了；那就是一切。

紗和閉上雙眼，宛如沉眠一般。狂三則握住她的手，依偎在她身旁。

「晚安，狂三。」「晚安，紗和……」

狂三的聲音微微顫抖。山打紗和對於讓狂三做出這種反應感到有些悲傷又有些開心。

——旅程的結束。

——暴虐的終焉。

山打紗和、白女王，彷彿融進日暮的天空，逐漸消失。

世界終結；世界關閉。

世界並非崩毀，而是像假寐似的變得朦朧，慢慢消失。

時間開始流動。狂三發射的【十二之彈】帶給山打紗和這名少女確確實實的終結。

不是死亡、不是停止，也不是放逐。

而是萬無一失地殲滅了她的心靈。

感覺兩人溝通、交談的過程實在非常漫長，但也覺得離別時分過於短暫。

該說的話、該談論的事、該回答的事都完成了。因此，剩下的只有實現她最後的心願。

「響——————！」

狂三大聲呼喚後，響便慌慌張張地趕來。

「怎、怎怎怎怎麼了，狂三？發生什麼事了嗎？需要幫忙嗎！」

「不，完全不用。響，紗和她……不，白女王好像想跟妳說話。」

「……什麼？」

響歪了歪頭，一臉問號。這也難怪。白女王與緋衣響的交集……嗯，幾乎等於沒有。真要說的話，頂多只有被捕捉、被模仿外表、雙方都對彼此抱有敵意之類的吧。

「還滿多的耶。」「是啊！我現在才發現！」

白女王倒在地上，一動也不動。不過，響還是望向狂三，擔心她會不會突然爬起來。

「我想她應該會信守承諾。」

「可是……這樣好嗎？由我來跟她說話？」

「畢竟是紗和強烈的要求。況且，我已經和她告別過了。」

「這樣啊……」

狂三一語不發地遠離紗和，一副毫不眷戀的樣子頭也不回地離開。

反倒是緋衣響與倒地的她面對面。

「那個～～……」

「妳好啊，可恨的人。」

紗和如此說道，然後嘻嘻嗤笑。響本想回答「彼此彼此」……但她就快死了。這點小事，響還明白。想必她撐不到五分鐘就會消滅，擴散在鄰界中吧。

因為時崎狂三勝利了。

「妳就要死了吧？」

紗和提問。響鬧彆扭似的將頭撇向一邊。

「妳就要死了吧？」

「那又怎樣？」

跟她無關。不過紗和收斂笑容，一本正經地告誡響：

「明知這樣會令狂三受傷？」

「咦，可是……！」

——那是理所當然的事。

時崎狂三雖然殘酷無情，但並非那種對於朋友的死無動於衷的少女。

一定會傷心、哭泣、後悔吧。這點道理，響也能明白。

可是對響來說，她實在沒辦法離開時崎狂三身邊。

「搞不好，我根本不會死啊。」

「不，妳會死。絕對會死，無庸置疑會死。我敢保證。」

「這保證還真令人討厭！」

「……妳想活下去嗎？」

紗和說得很認真，不允許響說謊似的瞪著她。

「當然。」

於是，響冷淡簡潔並且誠實地回答。

她想活下去，想繼續活下去。昔日失去陽柳夕映時能靠著復仇之意活下去，然而與時崎狂三離別——向誰復仇也沒有任何意義。

無意義、空空如也，真真正正的空無。

「這樣啊。」

於是，山打紗和如此說道。煩悶與懊惱湧上響的心頭。

◇

緋衣響返回。狂三歪過頭，一臉天真無邪地凝視著響。

這個動作包含了「可以告訴我妳們聊了什麼嗎？否則有許多事不好處理」的語氣。

當然，響感受到了她的語氣。是感受到了沒錯，不過——

「我不能把全部的內容告訴妳。」

響果斷地如此告知。狂三也跟響認識很久了，判斷她堅決不會透露一字一句後，便放棄地聳了聳肩。

「白女王……紗和怎麼了？」

「消失了。消失得無影無蹤。」

「……這樣啊。」

「嗯。」

沉默。感覺分別得一點都不拖泥帶水，也感覺是場難分難捨的漫長離別。

「應該不是……地震吧？」

第一領域在搖晃。

「是啊。鄰界好像就快要結束了。」

「……什麼？」

聽見響說的話，狂三歪頭表示不解。她剛才說了什麼？

「『與現實世界的連結要中斷了』。我緋衣響繼任了第一領域的支配者，現在行使支配者的權力，交由鄰界的所有準精靈來判斷。」

「判斷……？」

「是的。判斷要去要留。」

——就這樣，故事來到了結尾。

——終局的鐘聲響起，世界不再運轉。

也就是說，故事來到——

隨處可見的離別之章。

○兩條路與一個結局

緋衣響說道：

『測試、測試，1、2、3。現在正在測試麥克風。呼，很好！各位，聽得到我說話嗎？聽得到吧。請第十領域(Malchut)的所有人停止戰鬥，第九領域的人暫時中止演唱會，我有重要的事情要通知。另外，鄰界的所有領域和所有準精靈應該都有收到這個廣播，也就是直接傳送到腦內的廣播。我是第一領域的支配者，緋衣響。以及第二領域的支配者雪城真夜、第三領域的前支配者凱若特・亞・珠也、第四領域的支配者阿莉安德妮・佛克斯羅特、第五領域的支配者篝卦葉羅嘉、第八領域的支配者銃之崎烈美、第九領域的支配者輝俐璃音夢都在現場。各個領域的準精靈大概沒辦法感受到吧？』

『——好了，謝謝各位長久以來的光顧……不對，好像搞錯了。這個鄰界現在需要各位緊急做出一個決斷。具體來說，就是「鄰界就要和現實世界切割」了。嚇到了吧？一定嚇到了吧。別擔心，請冷靜下來。深呼吸……很好。那我繼續說下去了。首先，這樣下去，鄰界一定會消失。那並非我等的責任，而是外部干涉造成的結果。創造這個鄰界的偉人、神明，或是除此以外的造

物者，似乎認為已經不需要這個鄰界……不過，恐怕那名造物者並不知道鄰界會發展成這樣一個世界，或是明知道卻完全不理會……反正都無所謂。重點在於只要與現實相連，這個鄰界就不得不面臨毀滅。因此大夥討論的結果，決定將連結現實的橋梁第一領域整個割除。一刀兩斷。』

『……換句話說，沒錯。這個世界即將變成與現實世界脫離，真真正正的……異世界。反過來說，過沒多久，我們便會失去返回現實世界的機會。因此如果妳希望回到現實世界，請來第一領域。各個領域的通行門全數開放，從第二領域能通往第一領域，所以只要前往第二領域，之後便會透過其他方式下達指示。』

『說實在的，要返回現實並不容易。想必妳已經知道了……因為我們很有可能是死後才墜入這個鄰界。也就是說，可以預料到一個結局，那就是回到現實世界的瞬間便會死亡。就算擁有肉體……在現實世界中，我們只是柔弱可愛的美少女，有可能在脫離社會的情況下突然出現，應該保護我們的父母有可能早已死亡。設想得到的所有可能性都指向不好的方向。』

『……即使如此，還是想返回、回歸現實世界、想去那邊看看的人，請來第一領域。無論選擇哪一條路，同樣都會感到悲傷。既然如此，至少由妳自己做出……不會後悔的決定。我們會竭盡全力地幫助妳們。那麼，各位，後會有期！』

鄰界傳來劇烈震動。隨後，各個支配者下達的指示傳達到各個領域，證實剛才傳送到鄰界所有領域的通訊所言不假，所有準精靈被迫做出選擇。

有準精靈立刻做出決斷，有準精靈還在迷惘，有準精靈做出決斷後又開始猶豫，有準精靈相信明天會如同昨天一樣到來的信念產生動搖，甚至沒有餘力迷惘。

即使如此，時間依然在流逝。唯獨時間一分一秒地在流逝。

——就這樣，做出決斷的準精靈前往第一領域集合。

◇

緋衣響最後與時崎狂三面對面。

「哎呀，已經問完了嗎？」

「是的，大致上都問完了。只剩下狂三妳還沒訪問。」

「未必只剩下我喲。也罷。來吧，請訪問。」

狂三盤起胳膊，挺起胸膛。她那狂妄的笑容與其說是正義的使者，還是更適合世界的敵人吧——響下意識心想。

■時崎狂三

【時崎狂三是這個鄰界的救世主嗎？或是敵人呢？事到如今，是什麼都好。偶然相遇、偶然並肩作戰。能跟這個人當朋友，我一輩子都不會後悔。感覺好像用掉了一輩子的幸運，不過說起來，我到底幾歲了呢？】

那該由妳自己決定，響。

呃，是這樣沒錯啦～……好，那就開始訪問吧！那麼，麻煩妳告訴我妳的名字。

時崎狂三。

其實時崎跟狂三之間還加了類似Evangeline或Antoinette這樣的中間名吧？

並沒有。

嘖！妳的經歷……事到如今就免了吧。因此我稍微改變一下問題。妳在鄰界戰鬥至今，印象最深刻的是？

嗯～～……先排除掉白女王吧。這樣的話，肯定是第九領域的偶像爭霸戰。

這個答案出乎我意料啊……

那是我第一次在眾人面前唱歌跳舞。呵呵，回想起來有點難為情呢。

不過如此想來，我們去過不少地方呢。第四領域沒辦法前往，第六領域（Tiphareth）只是經過而已，有點遺憾就是了。

當偶像唱歌、用水槍戰鬥、賭博、推理，還有冒險。仔細想想，滿扯的耶……

是啊～～不過，還好偶像爭霸戰有令妳印象深刻，因為那是少數我有派上用場的戰役。

……嗯，我的見解倒是跟妳不一樣呢。響，我就藉這個機會告訴妳吧。我在這個鄰界戰鬥時——妳「沒有一次沒派上用場」。

哇啊。

無論什麼樣的戰鬥妳都會跟隨我一起去，看見妳拚死拚活、不屈不撓的模樣，我便心想要是在這裡敗北，妳也會白白送死……只好振奮精神了。請妳記住，就算妳覺得自己派不上用場，這世界也有人光是站在那裡就能帶給人勇氣。

……真、真是不敢當……啊。嗚哇，討厭。我想我的臉一定很紅。

哎呀。

真是的～～沒想到採訪者反過來感到不好意思，只能說真不愧是狂三。

真不知道「不愧」的點在哪裡呢……話說，第一領域支配者響。

什麼事？

妳那支配者的力量是紗和給的嗎？

是的，那時偷偷繼承的。要是紗和消失，鄰界的危機也不知道會迎來什麼樣的結局。

距離終結還有多久？

啊，我想想喔……以體感時間來計算的話，還有一小時。一小時後，鄰界就會和現實世界切割開來。

看來沒時間去玩了呢。

沒問題的，狂三。

嗯？

要玩的話，等切割完隨時都可以去玩。是的、是的，我說過好幾次了，我會陪妳到地獄的盡頭。

【聽見這句話，狂三嘻嘻嗤笑。感覺有些悲傷，但又由衷感到開心似的。】

這下子感覺我在鄰界該做的事都做完了，接下來只剩存活這件事了。不過，這是最難完成的啦！

◇

離別的時刻到來。空無一物的空間出現一扇巨大的門。以往連接領域的通行門無可比擬的巨大程度，看起來無法以人力開啟。

不過，響只揮了一下手臂，門就微微打開了。

門內充滿的不是光明，而是黑暗。決定前往現實世界的準精靈也對那充滿黑暗的去路感到恐懼。

「好！」

其中最先舉起手表示要前往的是輝俐璃音夢跟絆王院瑞葉，以及跟隨她的一群準精靈。

璃音夢回頭吶喊，以扯破喉嚨的音量向決定留下的支配者與偶像們表達她的想法：

「真的謝謝妳們過去的照顧！我絕對不會忘記在這個世界發生過的各種事情！我會全部一直記在腦海裡！各位，我愛妳們！」

「我也……我也是！我由衷愛這個世界、第九領域、各位粉絲和各位偶像！再見了……！」

瑞葉也緊接著一邊啜泣一邊吶喊。

「妳們要加油喲～～！」

葉羅嘉的聲援，以及阿莉安德妮與真夜默默用力揮手的模樣，令璃音夢眼角洋溢著笑意。她用袖口擦拭眼角，深深鞠躬後，突然望向手中的麥克風，然後拋了出去。

「啊。」

一名第九領域的準精靈剛好接到了麥克風。那是一名猶豫萬分後決定留下的無名偶像。

「祝妳的人生充滿幸福！」

璃音夢對接到麥克風的偶像留下燦爛的笑容，瑞葉則是留下令所有見者心頭一緊的哭臉後，跳進開啟的通行門。工作人員和粉絲們也慌慌張張地緊接在後進入。

「那麼，各位，Au revoir（再見）！」

凱若特．亞．珠也如此說道，華麗地舉起手。決定留下的粉絲尖叫，決定一同前往的粉絲也發出尖叫。

「沒想到凱若特小姐粉絲挺多的嘛～～！」

「呵呵呵，妳以為我是誰啊，緋衣響！好，妳們也走吧！」

『黑桃自然是要跟去的是也～～♪』（黑桃）『問題在於我們的意識是否會保留下來！』（梅花）『我想應該沒問題嚕！』（方塊）『請老天爺實現我們的願望吧～～！』（愛心）

唧唧喳喳、吵吵鬧鬧，熱鬧得就像布萊梅樂隊一樣。凱若特．亞．珠也華麗輕快地離開鄰界直到最後一刻。

銃之崎烈美堅強地忍住淚水，但在進入通行門的前一刻回頭吶喊：

「華羽！我一直都很喜歡妳！我死也不會遺忘這種心情！」

喊叫、哭泣、嗚咽，即使如此，她還是再次面向前方。

有人大喊：「加油！」她背對著眾人，舉起拳頭回應。

蒼目不轉睛地看著篝卦葉羅嘉。

「那麼師傅，掰掰。謝謝妳的照顧。」

「嗯？我有照顧過妳嗎？我覺得妳不管遇到什麼事都能一個人活下去呢……」

「不是這樣。我不是這個意思……幸虧有師傅妳在，能跟師傅妳一起戰鬥真是太好了。因為有妳，我才得以努力下去。」

蒼流下一滴眼淚。葉羅嘉見狀，發出「啊啊」的嘆息。雖然早就明白這個道理，不過——

「送愛徒離巢，真難過呢。」

「嗯，我也很難過。不過，我會忍耐——能遇見妳，真是太好了。」

蒼擦掉眼淚，對葉羅嘉露出滿面笑容。希望這個表情能在她的記憶中留下最深刻的印象。

就這樣，即將離開鄰界的準精靈們接二連三跳進通行門。不論是情同姊妹的準精靈們，還是兵刃相接過的對手，都不容分說地一一離別。

對未來的不安、對過去的寂寥都融為一體，使現場氣氛變得十分奇妙。

既非守靈，也非祭祀；既像畢業典禮，又像入學典禮。

有人哭，有人笑；有人激勵吶喊，有人膽怯害怕，也有人試圖克服恐懼。

離別、離別，再離別。

就這樣，只剩最後兩人。

「那麼，各位，就此別過吧！」

響說完，聚集在周圍的支配者和岩薔薇便嚴肅地點了點頭。

「鄰界就交給妳們了。我想有妳們在，應該沒問題！」

「交給我們吧。緋衣響，祝妳好運……雖然不是什麼貴重的東西，就當作護身符吧。」

「我也有東西要送妳。」

「我也是～～」

真夜送的是書；葉羅嘉送的是靈符；阿莉安德妮送的是耳塞。

「耳塞？」

「我本來想送妳枕頭，但被阻止了。」

「嗯，收下來也是挺困擾的……」

「我送的是一把苦無。如果妳平安到達那邊，可以丟掉沒關係。要是違反槍砲彈藥刀械管制條例就糟糕了。」

「不，我才不會丟掉，太浪費了！」

「響。」

「喔，岩薔薇妳送的是……花？」

「是的，祝妳好運。」

「……謝謝！那麼，狂三。」

狂三對響點了頭後，面向選擇留下的準精靈，然後深深低下頭。

包含支配者在內，與她有關連的準精靈們當然都驚慌失措。

「抱歉在妳們吃驚的時候打擾……各位，真的謝謝妳們。我作為一名旅人造訪這裡，又作為一名旅人離開這裡……」

狂三稍微收斂縈繞在腦海的回憶，組織言語並開口：

「雖然說不上都是美好的回憶，不過很開心認識大家，甚至感覺這漫長的旅程會一直快樂地持續下去。可是，肯定沒有不會結束的旅程，如果有，也是以『不結束』為目的的旅程吧。我的鄰界之旅即將在此結束，然而，我不會因為要結束旅程而感到無聊，也不會因為要結束旅程就覺得現實世界比較美好……我想那是……只有選擇的本人才能體會到的……五味雜陳的心情。」

比較哪邊的世界較美好是沒有意義的。

準精靈不會因為那種原因選擇應該居住的場所。她們只是單純地做出選擇，追求既非善惡也非比較，更非利益的某種東西。

「決定留在鄰界的妳們是『對的』；決定啟程離開鄰界的她們也是『對的』。我想各位的選擇一定不會有錯……」

狂三深呼吸後，說出最後一句話。

「那麼各位，之後的世界就交給妳們了。」

狂三輕輕揮了揮手。有人回答、有人沉默、有人沉浸於悲傷之中、有人依然不知所措，所有人並非全是朋友，也並非全是友好的。

不過，她們這群少女無庸置疑曾生活在同樣的世界，在身旁呼吸、感受彼此的存在。

整個鄰界都如此可愛——時崎狂三心想。

——太遲了呢。

哎，如果自己早點發現，或許會做出不同的人生選擇。

也許會對遙遠的那個夏天的那一瞬間感到依依不捨，卻仍然選擇這個鄰界為最終的住處。

不過，結果並非如此。

「岩薔薇。」

「是的。」

「再見了，過去的『我』。」

「是啊，再見了……時崎狂三。」

狂三握住響的手，跳躍般「咚」地踏出一步。當狂三與響的身影消失在通行門內，門緩緩地關上了。

就這樣，不久後。

鄰界這個存在便在現實世界消滅了，變得無法偵測，一個世界瓦解了。然而在現實世界生活的人渾然不知。

那裡曾經有過一群孕育生命的少女。

◇

狂三與響牽著手，一語不發地持續走著。

「不要放開我的手喔。」

「那是當然，感覺要是放手就再也見不到妳了！」

響因為恐懼，發出高八度的聲音。

前方看不到道路，強風陣陣吹拂。沒有燈光，只有狂風呼嘯而過的聲音。

感覺就像獨自走在黑暗的荒野中。

也不知道自己是否有在前進。

「狂三！」

「我在，什麼事？」

「妳回到現實世界後想做什麼？」

「哎呀，又是採訪嗎？」

「算是吧！」

「那當然是去見那個人呀！穿上婚紗，全力奔向他！」

「嗚哇，好恐怖喔！那樣太恐怖了啦，狂三！妳的愛太沉重了啦！」

請各位試想看看。

如果有一天，突然有一名穿著婚紗的少女搭配著感人的ＢＧＭ跑到你家或學校的畫面。

只能說太恐怖又太沉重了。

「沉～～重～～又～～怎～～樣～～了～～！」

聽見狂三抗議，響哈哈大笑。她一邊笑一邊加重手的力道。

然後，她發現一件事。

她的手沒有感覺。明明應該緊握著狂三的手，卻沒有握著手的觸感。

「狂三～～！」

「怎麼了～～？」

聲、聲音倒是聽得見。只有聲音能聽見。可是，別說握住的手，連自己的手都看不見。

「我可能情況不妙～～！」

所以她大喊，盡可能提高音量，朝理應存在的狂三吶喊。

「響，妳說情況不妙是怎麼回事～～！」

「我沒有感覺～～！只能聽到聲音～～！」

沉默。

風聲籠罩四周。

「——啊啊，真的耶。」

這句呢喃聲成了最後一句，連聲音都中斷了。

「啊…………」

不祥的預感令響的心臟怦怦直跳。

「狂三？」

沉默。

「狂三？狂三～～！妳有聽到我的聲音嗎～～！」

沉默。

「拜、拜託，回答我。狂三，跟我說妳在這裡好嗎！求求妳……！討厭，我不知道該去哪裡才好……！」

由於黑暗籠罩四周，響根本不知道——

自己是在奔跑、行走，還是停留在原地。

只是本能警告她絕對不能停下腳步。

一旦稍微放鬆，覺得跑不動了，停下步伐的瞬間，自己便會死亡。

因為這樣的預感深植腦海，響想移動雙腳，努力甩開搞不好實際上是在原地踏步的幻覺。

向前。

朝向充滿希望的明天。

向後。

朝向充滿絕望的死亡深淵。

究竟是朝向哪邊行走呢？有在走嗎？我有向前移動嗎？

緋衣響不清楚。風逐漸變強。

「嗚嗚嗚嗚嗚嗚……！」

她一邊呻吟一邊哭著奔跑。無意義的死亡這句話在她腦中揮之不去。

「不要、不要、不要……！有誰……救救我，誰來……救救我……！」

若是平常，一定有人回應；若是平常，狂三會一臉無奈地伸出援手。然而，如今不見她的身影。聽不見、聞不到，感受不到她的氣息。

怎麼辦？該如何是好？

她不知道答案，也沒有人為她指點迷津。

就這樣，狂風呼嘯，吹得她耳朵疼痛。連自己是在吸氣還是吐氣，活著還是死了，都感受不到。

心靈發出碎裂的聲響。

靈魂腐朽，肉體原本就沒有。

緋衣響沒有餘力主張自己的存在。

死亡、消失、逝去、虛無、消滅、絕望。

「————啊。」

一股彷彿溺死般的窒息感朝她襲來，回過神時，她已經停下腳步，昏倒在地。

明知一旦停下便再也無法起身邁步行走，但響還是倒下了。

「啊啊……」

果然還是沒辦法嗎？終究是沒有肉體的自己無法抵達的領域嗎？

響獨自俯臥在無人的荒野。

然後回想起自己的過去。微不足道的小小過去。

——緋衣響生來就空空如也。

她對於自己是何時來到鄰界、何時墜落於此，又是何時發生的，一概不清不楚，只知道自己的名字與無銘天使〈王位篡奪〉。

她隱約憶起當時。

體會到自己比出生時更一無所有。

因為周圍空無一人，她現在既沒有無銘天使，連名字也開始記不清楚。

緋衣響、緋衣響、緋衣響、響、響、響——

「妳後悔了嗎？」

——不後悔。

「為什麼？妳明明死得那麼痛苦。」

是啊，沒錯。之所以用溺死來打比方，不單單是比喻，而是真是呼吸困難。是靈魂打算停止活下去的證明。

響很想一了百了，想從只覺得痛苦的現在解脫。但她做不到，也不想那麼做。

「是為了時崎狂三嗎？」

她正想回答「沒錯」，又突然冒出一個想法。自己如今正在奮戰，真的是為了時崎狂三嗎？

——好像有點不對。

過去緋衣響這名少女的生存意義就是對時崎狂三有所助益，為了她死不足惜，並非任何玩笑話。

可是，現在有些不同了。

——我想為了自己而活。

想活下去，與時崎狂三並肩同行，當她的朋友和夥伴。

想與她天南地北地聊些無關生死的話題；想與她聊些像是戀愛、電影這類無聊的小事，和她一同歡笑。

——雖然那只是我任性的願望，可是……

「別說了，肯定自己的欲望是成為人類的第一步。那我就告訴妳『成為』人類的方法吧。」

——什麼？話說，妳是誰啊？

「剛才跟妳廝殺的山打紗和……的殘渣。」

——殘渣？

「嗯～～該說是剩餘之物還是多餘之物呢？總之，對妳來說就像是福氣之類的東西啦。聽好了，響，妳並非人類。」

——咦？啊，妳是指我沒人性的意思嗎？

「不是啦，怎麼會把意思曲解成這樣。如字面所示，『就真正的意義而言，妳並非以人類的身分存在過』。」

——呃……

「妳以前被抓時，我讀取過妳靈魂的記憶。妳是空無們的殘渣形成的東西。緋衣是某個空無的姓氏，響是某個空無的名字，就連〈王位篡奪〉也是其他空無曾經持有的無銘天使。」

——嗚哇，真的假的？我是什麼三身合體的惡魔嗎！

「……應該不只三名吧。我想起碼需要一百名以上的空無才能構成妳這個存在。妳是不是有各種才能？那是空無們曾經擁有的才能。」

——真的假的？百身合體嗎……

「相對於其他空無因後天失去目標而慢慢消失，妳是相反。『妳從一開始就不存在為了生存的這個目標』。偶然誕生，然後消失的生命體，那就是緋衣響。不，應該說曾經的妳是那樣。」

——那現在的我呢？

「要構成身體。簡單來說，就跟『製造小孩』一樣。啊，不好意思，我說得有點下流。」

——我沒有經驗，不知道能不能成功……

「妳還真上道啊。總之，雖然用肉體這個詞彙來概括，構成肉體的成分是林林總總。像是皮膚、指甲、肌肉、神經、骨頭、血液等其他各種成分。不過，構成肉體的物質本身倒是沒什麼大不了的。」

——是這樣嗎？

「是的。歸根究柢，造就人類的並非肉體，而是靈魂。接下來，就要看是否能認真地落實了。妳至今應該從來沒考慮過現實中的肉體而行動吧，可是接下來必須考慮這一點來行動。這意味著妳必須改掉一切妳過去生活時下意識省略掉的動作。」

——該不會，我是假設啦，過程十分難受嗎？

「用不著假設，過程就是十分難受。會難受得讓妳寧願去死的程度，『因為妳連心臟的跳動方式都不知道』。」

必須全盤否定過去短暫的生命，從頭創建。就連胎兒下意識能進行的動作都必須加以注意才行，若是忘記其中一個步驟便必死無疑。因為在現實世界，沒有人能不呼吸而生存下去。

——可是，就算叫我必須懂得心臟的跳動方式，我也沒辦法啊……！

「有我在。我山打紗和可是以人類的身分生存過，而且我是第一百零一名殘渣嘛。」

——原來如此！話說，紗和。

——沒事。該不會我去現實世界，結果等待我的是變成山打紗和……這種恐怖的結局吧？

「我覺得妳沒有資格這麼叫我……但我先不跟妳計較。什麼事？」

「……」

——……

「時間不多了，那就開始吧。妳可以拒絕，但就必須承擔消滅的後果。」

——哇，太詐了吧！算了，事到如今不管結果如何，我都會堅強地活下去！

「……真是頑強啊……放心吧，妳不會變成山打紗和。我不過是第一百零一名空無罷了。只要有緋衣響這個整體在，就不會有太大的影響。只是——」

——只是什麼？

「對狂三的感情，可能會稍微重一點。」

——咦？我自認對狂三的感情已經夠重了耶。

「感覺會變成令人厭煩的程度。」

——算了！只要把前因後果全盤托出，相信狂三說來說去還是會慣著我的！

「妳還真是樂觀呢。」

紗和——響體內的紗和傻眼地嘆了口氣。

「咳、咳、咳！」

最初感受到的是疼痛，至今從未體驗過的劇烈疼痛。

「那就是所謂的呼吸喲，響。那麼，讓心臟跳動，讓血液流通吧。」

「嗚哇……好教科書式的說法喔……」

不過，所有疼痛逐漸趨緩，令原本沉入黑暗中的自己甦醒過來。

呼吸、心臟跳動、血液流通，這意味著在現實世界存活。

「這條路並不黑暗，那只是因為妳不是用視覺看東西。」

大量的光灼燒眼睛般的痛楚。

「活著是很艱難、痛苦、難受的。即使如此，妳還能努力活下去嗎？」

「那是當然！咳，好痛苦！」

光是發出聲音就嗆到。一切都有重力，人體裡面有內臟，會消化食物成為糧食。即使有靈力，對大多數的人類而言也不過是無意義的燃料。

若說鄰界是天堂，現實世界便是苦海吧。

光是活著就很痛苦，追求生存的意義也很無謂。

沒錯，並非有生存的意義，而是生存本身就有意義。這就是現實世界。

緋衣響這名純潔、單純、惡毒、善變、活潑、陰鬱，一點一點繼承所有少女留下的殘留之物的準精靈。

如今，總算，有生以來……

強烈體會到「活著」的真實感受。

◇

刺眼的光線有熱度，吸入的空氣有些混濁。

「——啊啊。」

時崎狂三比預想中還要輕鬆便從鄰界返回現實，簡單得出乎她的意料。

原本拿在手中的〈刻刻帝〉逐漸化為塵埃，身體也頓時變沉重。靈力開始枯竭，所剩無幾。

早晨陽光、不知從何處傳來的雜音，以及平常不會留意的柏油路的味道。

「回來……了呢……」

然後，狂三突然想起某件事，回頭望向背後。空無一人。理應牽著的手不知不覺消失，明明只有一條路，卻不見她的蹤影。

本想出聲，後來打消念頭。若是呼喚她的名字，她沒有回答——

感覺就像永遠的離別，因此沒有勇氣呼喚她的名字。

若是平常，響應該會主動呼喚自己。

「狂三咳唔啊！」

沒錯，就像這樣吶喊——

「響！剛才像蟾蜍被壓扁時發出的哀號般的呼喚聲，是響發出來的嗎！不，應該不是吧！」

「就是我啦……咳咳咳！」

名為緋衣響，曾經空空如也的少女們，晚了時崎狂三幾分鐘後，終於以一名人類的身分誕生在這個世界上。

「那個，響？就算是我，也明白這個場面不應該搞笑。在喊我的名字時，至少要喊得認真一點吧？」

「我、我有什麼辦法啊！我也很想上演感動的重逢啊！可是！我！其實！有各種原因！有生

以來首次從聲帶發出聲音嘛！嗚嗚嗚嗚！眼睛也很刺痛，深呼吸後空氣很混濁，是怎樣啦……」

站在眼前的少女與緋衣響、山打紗和、白女王各有相似之處，又似乎並不相像，五官很模糊，又好像從以前就是這副模樣。

不過，光從她吵鬧的個性就能理解。

她無論如何都無庸置疑是緋衣響。

「……沒錯吧？」

「不，連我自己也不知道自己是誰。其實剛才，不對，說是剛才，其實也花了一個月的時間，我才發現令人震驚的事實！」

「咦？什麼？」

響的情緒比平常還要高漲，超級興奮。這倒是無所謂，只是她說的話令人聽得有點一頭霧水。

「沒有啦，簡單來說，我發現了一個震驚的事實，就是我以前並不是人類，呃……算是群體或集合體那類的存在，就算構成肉體，也無法呼吸，以及讓心臟跳動。沒辦法，只好聽從紗和最後留下來的……說是剩餘的渣渣有點不好聽，說成殘渣聽起來比較帥氣，我可不是在藐視紗和喔，真的是殘餘之物，呃……我說到哪裡了？總之，我是緋衣響！第一次變成人類！然後，好像混合了各種準精靈的靈魂！不過！基本上沒什麼改變！就是這樣！」

因為響說話顛三倒四的，狂三有些不知所措，不過還是挑出了重要的事實。

「……妳是緋衣響，但有一小部分也是紗和……是這個意思嗎？」

「嗯，算是吧！從今以後也要麻煩妳多多指導鞭策了。」

……原來如此，那麼首先該做一件事——狂三心想。

「響。」

「啥？」

狂三緊抱住緋衣響，感受到她清澈又強勁的心跳節奏。

她有生命。緋衣響無庸置疑正活著站在此處。

響雖然感到困惑，不久後便「呼」地吐了口氣，雙手環抱住狂三的身體。

「……狂三。」「什麼事，響？」

「我好想哭喔。」「嗯嗯，真巧。我也是。」

「那我們數到三，一起哭吧？」「難得妳會想出這種好主意呢。」

「是的。」「那麼……」

一、二、三。

就這樣，時崎狂三與緋衣響決定盡情地抽泣。一直哭、一直哭，但淚水依舊停不下來。兩人覺得很難看、很丟臉，但又欣喜至極，悲傷無比。

漫長的旅途盡頭，抵達的是名為現實的幸福。

◇

現實世界與鄰界斷絕了連繫。從現實世界應該幾乎偵測不到鄰界了吧。

不過，鄰界依然存在。居住在鄰界的居民們，也依舊存活著。

「領域非常混亂。首先必須盡快決定各領域的支配者。」

真夜推了推眼鏡。葉羅嘉見狀，盤起胳膊直說「真傷腦筋」。而阿莉安德妮一樣在睡覺。被起用成為祕書的佐賀繰唯感受到一股不祥的預感而向後退。

「……總之，第七領域就交給佐賀繰唯負責吧……」

「那個……我想我非常不適任支配者這個職位……」

「沒問題。我已經寫了一本手冊來應付這種狀況，名稱叫作『笨蛋也能成為支配者』。」

「那誰當都可以嘛！」

「並非誰當都可以喲。支配者必須擁有力量。這一點，佐賀繰唯……可以用數量取勝。」

「這理由滿廢的嘛……」

「第一領域可以不需要支配者，接下來還剩第三領域、第六領域、第八領域、第九領域、第十領域……好多……太多了……！」

「第八領域與第十領域由我來擔任吧？」

聽見這句話，四人赫然望向會議室門口。不知是何時潛入的，時崎狂三——不是，是被稱為岩薔薇的少女笑咪咪地揮了揮手。

「妳願意擔任嗎？」

「妳們沒意見的話，但如果妳們覺得我無法信任，我也無可奈何——」

「不不不，我們完全沒有那種想法。來，過來這裡坐。佐賀繰唯端茶來，這種時候就算妳加入麻痹藥也沒關係喲。來，時崎狂三，不對，是岩薔薇。妳願意擔任第六領域、第八領域跟第十領域的支配者對吧？願意的話，就在這裡爽快地簽個名吧。」

「不要不著痕跡地多加一個領域好嗎！我沒有當過支配者耶！」

真夜氣勢強大地讓岩薔薇坐下，連珠炮似的滔滔不絕地說道，就在她邊說邊拿出文件時，遭到岩薔薇吐槽。

真夜「呿！」了一聲，心不甘情不願地坐下。

「況且，我還不清楚支配者的職責是什麼呢……」

「文書。」

「什麼？」

「其他支配者我是不知道啦，但對我來說，支配者的職責就是處理文書。前不久因為某女王的影響，甚至還發行過遊走領域之間的許可證。」

「這個出發點令我突然頭暈想吐……不過如今女王不在了，應該不需要那些文書了吧？」

「討論、決定、裁決這件事的過程都需要相關的文書。」

「未免太拖沓了～煩死人了～～～～……」

阿莉安德妮癱軟地發出哀號。真夜瞥了她一眼，清了清喉嚨。

「總之，我想我們能一起共事。歡迎加入支配者的行列，岩薔薇。」

「我就謹領此任了，真夜小姐。」

真夜一臉滿足地點了點頭。「很好，既然如此……」坐在她身旁的葉羅嘉如此說道，不知從哪裡拿出一大瓶酒。

「會議就到此結束了，開喝吧！」

「喝什麼喝，還有一大堆需要裁決的文書呢。」

「真夜妳說話的語速好像愈來愈快了……這不過是類似凝聚向心力的儀式罷了，喝個一杯有什麼關係。」

聽見葉羅嘉說的話，真夜嘆了一口氣。

「……唉，只喝一杯的話。」

葉羅嘉將酒倒進酒杯，高聲吶喊：

「那麼……敬前往現實世界的朋友，以及留在鄰界無可取代的朋友！」

她們各自宣告「乾杯」後，便將酒杯送往嘴邊。

和緩的時光依舊。雖然對未知產生不安與恐懼，但希望就在此處。

因為鄰界已經不與現實世界相鄰。

「不、不不不好了！」

「？」

衝進支配者領域會議的是第二領域的準精靈。真夜看見熟面孔後，便起身尋問：「發生什麼事了？」

「偵……」

「……偵？」

「『偵測到新的準精靈了。是與現實世界分割後產生的準精靈』。」

真夜立刻邁步奔馳，阿莉安德妮、葉羅嘉、岩薔薇與唯也連忙跟在後面。

阿莉安德妮邊跑邊吶喊：

「這、這是怎麼回事？鄰界已經與現實世界完全切割了吧！」

「切割完才沒過幾天，也沒有再偵測到鄰界編排的現象了吧！鄰界編排消失後，我也以為鄰界跟現實世界再無瓜葛了！」

「不知道！就是因為不知道，只能去問那個準精靈了！」

那名準精靈被團團圍住，一臉不安地左顧右盼。眼角泛淚顫抖的模樣宛如剛出生的小鹿。

「不怕、不怕喲～～」

佐賀繰唯（其他個體）臉上浮現抽搐的笑容在哄她。說是哄，但那名少女看起來跟唯年齡相仿就是了。

「請、請問，這裡是哪裡啊？」

「呃～～……」

佐賀繰唯猶豫是否該回答。大概是對她的反應感到不安吧，只見那名少女顫抖得更嚴重了。

此時此刻，連唯也忍不住痛恨自己太過拘謹。

「到、到了……呼……呼……」

真夜在途中差點撐不住，最後被葉羅嘉扛到目的地。

「妳、妳是哪位？」

「……我叫雪城真夜。」

「啊，是的。雪城小姐，這裡……是哪裡呢？」

「回答妳這個問題之前，希望妳先回答我的問題。告訴我妳的名字跟過去。」

「呃，我的名字是————。過去……我想不起來。」

「妳手上拿著的是？」

「無銘天使————。」

名字和無銘天使都是未知的準精靈。

是沒有過去呢？還是忘記了呢？抑或是……正如真夜以前所調查的一樣，也許這個鄰界會「不斷誕生出」準精靈。

必須經過調查後，才能知道究竟是哪一個原因。不過，有件事她非說不可。

「歡迎來到鄰界。」

就從笑臉迎人，伸出援手開始吧。就像過去別人對待自己那樣。

原本畏懼的準精靈看見真夜的笑臉與聽見她說的話後，鬆了一口氣。

緊緊回握住她伸出的手。

世界變化多端，卻有規律地持續運轉。少女們的命運將隨她們自己的心意而定。

○於是，時崎狂三她……

——請想像一下。

有個妳認為即使獻出生命也不足惜的人。妳和她約好一起去購物，碰面後跟那個人一起走路閒聊時——

「啊……」

她盯著婚紗發出低喃，遇到這種情況該怎麼辦才好？提問者是我，緋衣響。

先不管這題的正確解答是什麼，我再問第二個問題。

在現實世界誕生後一個月，最先做的事情是什麼？

跟各種人相遇？接觸鄰界沒有的各種事物？感受到與鄰界的文化差異，覺得很痛苦？

以上皆非。答案是竄改文件，啊哈哈哈哈。

具體而言，在這個名為日本的國家，所謂的戶籍是非常非常非常重要的東西，沒有戶藉的話，無法考取駕照，也無法證明身分，更難以工作。

在鄰界需要靈力才能活下去。

而如今需要的是錢才能活下去。

「現實世界的日子真不好過……」「妳才知道啊，響。」

我認為掐一下摯友得意洋洋的臉頰是能被容許的權利。

於是，透過狂三的人脈，我們找到了一個神祕組織。神祕組織那邊的人似乎也因為「某天突然來了一百名以上的神祕少女！」而驚慌失措。

而且，其中有幾個人還是被當成下落不明的少女，而且而且，比如五年前下落不明的少女，突然以跟五年前一樣的容貌出現，也難怪對方會陷入恐慌了吧。

組織的偉大女孩（吃著糖果，神氣又性感的雙馬尾女孩。順帶一提，狂三好像曾被這個女孩打得落花流水。真的假的啊，現實世界的女孩未免太厲害了吧）半苦笑地這麼跟我說，但當前來的前準精靈有七成左右都說「想見那個帥哥～～♥」時，她實在苦惱得一個頭兩個大。

「那個笨蛋哥哥，到底幹了什麼好事！什麼都沒做嗎！」

不過是向對生存意義感到迷惘的少女們說些甜言蜜語罷了。打個比方，就像是在沙漠中徘徊昏倒時，用嘴餵水的地步。

我覺得會引發多角戀，但這也無可奈何，就樂觀地想成是桃花期來了吧。咦，最近一直處於桃花期嗎？真的假的？

……反正，這件事也大致上解決了！

對方在戶籍上動了手腳。換句話說，我能證明自己的身分了。請家人尚存的準精靈跟她家人商量，找到能收留我的人家。

輝俐璃音夢與絆王院瑞葉來到現實世界兩個星期就適應了。取得戶藉後，迅速帶著本來的工作人員加入了事務所，立刻成為偶像出道。真是強悍的生命力啊。

現在走在街上，已經多多少少能看見她們的海報和廣告了。目標似乎是成為頂尖偶像。

凱若特．亞．珠也一取得戶籍便啟程去旅行了，一路上展現自己的撲克牌技藝來賺取旅費。不能走路但能說話的撲克牌們簡直是來自奇妙世界的玩意兒。

觀眾不認為撲克牌是以自我意識在說話，還以為是精湛的腹語術而深感佩服呢。

銃之崎烈美則是幫為現實世界與鄰界的差異所苦的前準精靈們諮商，感覺就像是個可靠的母親。

「對兩個世界的差異感到氣餒的人果然很多呢～尤其失戀的孩子也特別多……實在是太多了。事到如今多個十人、二十人也沒差吧？我去問問看艦長好了。」

不，我覺得大概沒辦法。幫她們尋找新的戀情吧。

事情就是這樣，準精靈們大舉湧進的現實世界也有各式各樣的問題。

畢竟這個世界有七十億人口，只是增加個一百人，總會有辦法吧！應該正面思考！

至於蒼嘛，她取得戶籍後最先做的事，就某種意義而言算是一如所料，去敲格鬥運動館的大門了。現在的她當然沒有無銘天使和靈裝。不過，她過往身經百戰的經驗，令她在短時間內便加入了知名女子摔角團體。

具體而言，起碼半年內應該就能參加電視的格鬥節目。能將重一百公斤以上的沙袋踢到天花板的美少女，實在令人印象深刻，連我都想挖角她，想找她來表演節目，想當她的經紀人。冷靜思考後，那個人的腦袋……不對，是體能，根本是狂三等級（意指瘋狂詭異的程度）。

好了，接下來總算輪到最後一名人物。說到我們終於能夠與那個人相見的時崎狂三！究竟是如何呢！

太沒用了。

簡直是超級沒用。

因為都過了一個月——她竟然還沒見到那個人！

老實說，我本來還預料返回現實世界一小時內，她便會撲向那個人耶！結果！她竟然！什麼都沒有做！

到底是怎樣啊。

「……我怕他忘記我……」

狂三無精打采地這麼說道。於是我便反駁她：「不，妳可不是那種會被人遺忘的角色。」正當我等著挨罵時——

「可是，除了自己以外，還有許許多多的我……」狂三更加垂頭喪氣了。

自從來到現實世界後，狂三就一直處於懦弱，不符合她個性的狀態。啊，說到這裡，聽說還有狂三以外的狂三（本體），可惜無緣與她見面。

對方好像也有她自己的事情要忙。況且，狂三之所以會來到鄰界，好像是因為得罪了對方，兩人的關係有點尷尬。

雖說都是時崎狂三，但在鄰界奮戰過的她與在這裡奮戰過的她，早已判若兩人……這麼說是有點誇張啦，但就好比是並行世界的自己。

走向不同道路的少女。

雖然同為時崎狂三，但兩人的價值觀有著決定性的差異。

想必鄰界的狂三與現實世界的狂三也歷經過不少戰爭、槍林彈雨、冒險吧。

……好了，回到原本的話題。必須想辦法改變懦弱時崎狂三，簡稱弱三。

就拿這件婚紗來助她一臂之力吧。

「狂三，以前聽說妳曾經和那個人幽會。當時妳也穿著婚紗吧？」

「呃，這個嘛……那個……唔……是的……」

狂三害羞地撇過頭去，不同以往的舉止真是可愛死了。

看見她那種表情，響差點原地往生。養眼到升天。

姑且不論這個。

「那我們把這件婚紗買下來吧！」

「……什麼？」

因為狂三歪了歪頭表示疑惑，響再次仔細地說明：

「別問了，就買這件婚紗吧。買婚紗還真是奢侈至極的消費方式呢，哇哈哈哈哈！」

「不……不不，請等一下。買婚紗要做什麼呢？」

「當然是要給妳穿的呀。」

「我穿！為什麼！」

「只要穿上婚紗撲向……去見他，他絕對會想起妳的吧？要是這樣還想不起來，就沒希望了。應該說，這樣還忘記的話，只能判斷為那個人發生了什麼異常事態吧。不過我也沒見過他，只是猜測啦……」

嗯。為什麼我非得說出擁護他的發言啊？儘管生自己的氣，我還是姑且這麼說。

「可、可是，婚紗很貴吧？」

是的，當然很貴。訂做的購入行情大約從五十萬圓起跳，如果是高級貨，直接翻倍，可能還

更貴。

不過，價格早就不是問題了。

「我有某種才能。」

「……是什麼？」

「炒外匯的才能。」

「……」

狂三露出「真的假的啊」的表情看著我。是真的，我也為自己的多才多藝感到懼怕。應該說有炒外匯才能的準精靈是怎樣啊……如果是在鄰界，應該無用武之地吧……

「事情就是這樣，我買給妳，當作平常妳照顧我的禮物吧。」

「我～～才～～不～～要～～呢～～！」

狂三慌亂地搖頭拒絕。嗚嗚，狂三對金錢關係有潔癖。沒辦法，就當作我借錢給她好了。

我說「以後再還我就好」，狂三這才心不甘情不願地答應。

於是我二話不說地買下了那件婚紗。一次付清。雖然怎麼看都不像是適婚年齡，但我能言善辯又精明能幹地敷衍過去了。

「謝謝惠顧～～歡迎下次再度光臨……啊，這可不行。」

沒錯，怎麼能對買婚紗的客人說再度光臨呢。先不管這個了，只見狂三呆愣地看著收據。

（總不能拿著婚紗走在路上，所以當然是請店家寄送。）

「買下來了呢……竟然就這樣買了……」

「這下子妳沒有退路了呢！」

響笑容滿面地如此挑釁後，狂三便表情僵硬地笑了笑。

「響妳真是的……受不了妳耶！」

不過，狂三似乎因此下定了決心。彷彿盯準獵物的老虎一樣，這麼說狂三可能會生氣，不過她的周圍散發著那樣的氣息。

聽那名大人物司令說，愛慕那個人的女孩多如繁星。洞察力敏銳的我看穿了那個大人物應該也是狂三的情敵之一吧。

然後然後，問題在於，狂三目前是屬於過去的女性要角。

與至今共同度過的其他女性要角相比之下，算是非常晚出場了。

因此，這時要一口氣逆轉，讓狂三後來居上，脫穎而出。因為婚紗是全女性的憧憬，不對，說是全人類的憧憬也不為過。

「可、可是啊，響，可是啊……」

「可是什麼？」

「……不會嚇到他嗎？」

我聳了聳肩，做出類似外國人的反應。

「聽好了，狂三。妳見到那個人後，他一臉愧疚地跟妳說：『抱歉，妳是狂三吧？是哪個狂三？』跟穿著婚紗強忍羞恥，讓他一下子就想起：『噢，妳是那個狂三啊！』哪個比較開心？」

「後者！當然是後者！」

「看吧！現在不是怕羞的時候了！」

「也、也是。妳說得有道理！」

「沒錯！」

……冷靜思考過後，發現我和狂三的情緒都有點怪怪的。我想自己應該是看了狂三試穿婚紗後的模樣而一時失去理智了吧。

總之，狂三終於下定了決心。

決戰定在七月七日，不用說也知道是七夕。當天我們居住的天宮市商店街會舉辦一個小小的祭典。

對狂三來說是充滿回憶的日子與場所。

據說她曾在這條商店街附近的婚禮會場模仿結婚典禮。

剩下的問題就在於要如何叫他出來了。

「交給我吧。」

「咦，響妳要負責這件事嗎？我實在非常不放心交給妳耶！」

狂三也未免太過於直接說出她的心境了吧，不過我有信心。與其說是有信心，倒不如說只要提出正當理由，應該就沒什麼大問題才對。

當然我絕對不允許對方拒絕。就算拚上我這條小命，我也要把他拖到狂三那裡。

因此，前往戰場吧。按下門鈴。那個人正在享受大學生活。換句話說，他應該閒得要命。這是我對大學生的偏見就是了。

「來了～～」

一道悠閒的男聲傳來。話說，這好像是我第一次跟男性說話？

這不重要就是了。

「妳是哪位……」

一看見我的臉，那個人便啞然無言。不過，換作是我也會做出同樣的反應吧？畢竟用一雙異色瞳死瞪著他的白髮美少女並不多見。

喂喂，這位小哥，你竟敢勾引我喜歡的人啊。

「妳應該不是……狂三吧？」

沒想到他吃驚的竟是另一件事。這個人似乎覺得我長得跟狂三很像。不，等一下，聽他這麼一說，確實是這麼回事呢。因為現在的我混合了許多要素，肉體方面就像是紗和與女王的綜合

體。討厭啦，真難為情，嘿嘿嘿嘿。

「呃～～妳有什麼事嗎？」

他有些疑惑地盯著差點沉浸妄想中的我。糟糕糟糕。我清了清喉嚨粉飾自己的醜態。

「有人託我傳話給你。」

「這樣啊。」

「她說『她在小教堂等你』。」

嗯，必要的關鍵字只有這些。只要看日曆，就會知道今天是七夕吧。那麼，再加入小教堂這個關鍵字的話，照理說應該能想起來才對……能想起來吧？這樣還想不起來的話，我絕對不原諒你喲！

「……！」

反應很迅速。「我出去一下！」他朝家裡吶喊完，便急急忙忙地跑了出去。不顧前後地全力奔跑，完全把我拋諸腦後。

「……唔。」

因此，我決定追上去。這當然不是為了去偷窺或看熱鬧，而是為了確認他有沒有抵達正確的場所。

奔跑、奔跑，一路奔跑。

一心一意地向前奔跑。他的腳程並不快，但力道強勁，令人相信他應該是真的全力在奔跑。

啊啊，真是的。真的——很沒意思。雖然無趣——

「……倒是挺有一套嘛……！」

我展現出一副游刃有餘的家長態度，也不甘示弱地不斷奔跑。

抵達會場的他幾乎毫不猶豫地前往會場內附設的小教堂，幾乎是用撞開的氣勢推開雙開門。

當然，那個人就在門內。

那個踏上旅程，不斷旅行，只為了見這個人的少女。

狂三，恭喜妳，終於見到他了。

◇

我穿上婚紗，等待那個人。

本以為我會心亂如麻，沒想到卻有幾分平靜。

甚至覺得他不來也無所謂。只要不忘記這份心情，隨時都能再相會，就算他不記得自己也無所謂。

……不，我這種想法算是傲慢嗎？我跟重要的朋友排除萬難一起走到了這裡。

如果沒有你，我恐怕早就放棄了。

如果沒有那孩子，我恐怕早就消失了。

所以，我之所以待在這裡，有一半是因為那孩子。而剩下的另一半，則是因為你。我想表達的事情有很多，我懷疑是否能傳達出一半。

不過，總之光是能見到面，我就非常開心了。

一陣腳步聲傳來。那是與會場格格不入的急切奔跑聲。

我望向門。我看起來還好嗎？應該沒有在哭吧？至少在最初時，希望讓你看見我妝容完美的樣貌。

門「磅！」一聲打開。

「啊啊——」

我該說什麼話呢？該傳達什麼心意呢？這樣的思考消散一空。

「狂三……！」

他的聲音有些顫抖。這樣是否可以想成他果然還記得我？

我點頭回答：

「是的，我是時崎狂三…………士道。」

士道、士道、士道、五河士道。我終於、終於能說出你的名字了。

說出在鄰界一次也無法說出口，回到這個世界也依然不曾說出的你的名字。

士道不知道該說什麼似的搖搖頭。即使如此，好像還是明白自己該做什麼，慢步走進小教堂，站到我的面前。

不需要宣誓儀式。

但是，我默默等待你掀起我的頭紗。

◇

緋衣響該做的還剩一件事。

那就是找一個避人耳目的地方偷偷凝視狂三的臉。這可不是什麼變態的意思。說是為了親眼目睹芳心暗許、陷入情網的痴情少女最幸福的表情，遠從鄰界而來也不為過。

我選擇從小窗戶而不是從門偷看，避免被盤問。

衝進小教堂的那個人雖然有些驚慌失措，還是輕輕掀起蓋住狂三臉龐的頭紗。

然後——

我確確實實地看見那張幸福萬分的臉，真真切切地看見一名害羞、難為情的靦腆少女。

他開口：

「妳實現願望了呢。」

「是啊，雖然花了漫長的時間，我的願望確實實現了。」

狂三如此回答。

「——啊啊。」

淚水不知不覺奪眶而出。那個人就是為此才一直努力、不斷戰鬥。

太好了。那個人坦率了許多，真是太好了。那個人的犧牲得到了回報，真是太好了。真的、真的真的真的太好了……！

我強忍著啜泣聲以免被聽見，然後離開窗戶。這絕對不是失戀的痛楚，而是對敬愛的朋友的付出得到回報所流下的感動的淚水。

大哭一場後，痛快了許多。走出會場已經臨近黃昏時分。隨便找個地方用餐吧。不對，機會難得，不如去逛逛祭典的攤子吧。當我正猶豫的時候，背後傳來一道聲音：

「響～～♪」

「是！有何吩咐？時崎狂三上校！」

響轉身的同時，朝狂三行最敬禮後，狂三便浮現「這傢伙又迷上什麼怪東西」的表情。狂三已經脫下婚紗，換回便服。響認為狂三不如乾脆直接奔出會場，穿著婚紗慢慢逛祭典就好，不過這樣著實太強人所難了吧？的確太為難人家了。

「這次妳打算當傭兵嗎？是無所謂啦。」

狂三望向站在她背後無所適從的少年——應該說有點老成的青年。

咦，狂三介紹我了？緋衣響儘管感到不知所措，還是與青年四目相交。

「士道，這位是緋衣響。」

「響，這位是五河士道。」

噢，太好了。她終於記起他的名字啦。狂三一臉愉悅地呼喚在鄰界從未叫過的名字。

「呃～～……請多指教？」

「嗯……彼此彼此。」

總之，兩人先彼此低頭致意。要交換一下名片嗎？不好意思，名片剛好發完了。

「呃……妳是狂三的……？」

「我是，呃……」

好了，該怎麼說明我們的關係才好呢？

「——朋友。」

斬釘截鐵地一刀斬斷困惑之線——不對，以狂三的情況來說，應該比喻成一彈催毀。

我一副不敢相信的樣子望向狂三。她有些難為情，卻又再三強調：

「她是我最重要、最珍惜的朋友。」

「狂三……」

不妙，明明剛剛才抽泣過的，現在又想哭了。

「這樣啊。請多指教嘍，緋衣小姐。」

「是的，我才要請你多多指教。」

笑起來如春日暖陽的青年以尋常的話語問候。狂三露出溫和的表情說道：

「士道，我經歷了一段非常漫長的旅程。漫長、驚異、美妙、悲傷又非常愉快的旅程。」

就是說啊。我點頭表示認同。

非常非常漫長的旅程、非常非常美妙的旅程、非常非常悲傷的旅程。

「士道，今天可以再多陪我一下嗎？方便的話，請聽聽我們這段旅程發生了什麼故事。」

「好啊，不管這故事有多長，我都洗耳恭聽。」

「響妳可以幫忙嗎？光靠我一個人的記憶，可能記不太清楚。」

「當然可以！要不然導演、腳本、演出、攝影都交給我吧！」

「有必要嗎……？」

「沒必要。響妳只要……在一旁么喝幾句就可以了。」

「喲！狂三日本第一！這樣嗎？」

「沒錯沒錯……才～～不～～是～～這～～樣～～」

狂三掐了掐我的臉頰，我痛得大喊大鬧。名為士道的人看見這副光景，露出有些吃驚的表情後笑了笑，接著一臉欣喜地對狂三說：

「妳交到了一個好朋友呢。」

「是的、是的。那是當然。」

我強忍著害羞的心情，站在我喜歡的人與她喜歡的人身旁。

雖然有些寂寞，但我明白身旁那充滿幸福的表情正是我一直在追求的東西。

「那麼，我從頭開始講起吧。說到我先前所待的地方——」

那麼，開始訴說痛快的故事吧。

時崎狂三與緋衣響波瀾萬丈的冒險故事。

那麼，開始訴說心酸的故事吧。

居住鄰界的少女們全心全意的戰鬥。

那麼，開始百無聊賴的人生吧。

時崎狂三與緋衣響安穩的日常。

別忘了繼續前行。即便偶爾回首過去，也不要佇立原地。

就像許多人的眾多人生一樣，只記得開心的事，遺忘艱辛悲傷的事生活下去。

即使如此，依然將無法忘懷——充滿喜悅悲傷的重要回憶緊擁在胸中。就算那份回憶會讓心感到疼痛，仍舊挺起胸膛引以為傲。

我們的旅程尚未結束。

啊啊，就如同發射出去的子彈。

時崎狂三（我）與緋衣響（我）的人生（DATE）將繼續下去。

■完結　後記

※注意　內含本篇小說劇透，請閱讀完畢後再看後記喲！

東出祐一郎

《約會大作戰DATE A BULLET 赤黑新章》在此完結。是的，完結了。在七夕與喜歡的人離別的時崎狂三，最後還是在七夕歸來。在本篇中，五河士道和精靈們發生一個又一個的故事背後，有名少女在無人知曉的世界不斷旅行、戰鬥，小憩片刻，試圖返回現實世界。

而她的願望實現了。無庸置疑是快樂結局。無論是決定留在鄰界的準精靈，還是打算在現實世界生活下去的準精靈，都開始過上各自的人生。

思索著無論幸與不幸都是人生，一邊為在相隔遙遠的世界努力的故友、戰友們聲援。

……因此，真的真的非常感謝各位讀者們！

首先由衷感謝各位不嫌棄我龜速的寫作速度，還願意閱讀到最後。尤其是第七集到第八集出版之間隔了一年多，本篇都完結了（再次恭賀），真是對各位懷抱著無盡的歉意。

不過，在這段期間《約會大作戰DATE A LIVE》依舊精彩不斷，想必它的熱度還會持續一段時間，真是太驚人了。因為不僅有電視動畫待播，還有與這本第八集同時發售的《約會大作戰DATE A LIVE》精選集！

東出也有幸參與其中一篇短篇創作。先爆雷一下，有戰鬥場面。到底第幾次了啊？

雖然有無盡的人想感謝，但整篇後記都用在感謝的話，有點混水摸魚的感覺。那我就稍微提一下這個企畫的開端，其實第一集的後記也有說明過，但我再次說明一下好了。

「使用《約會大作戰DATE A LIVE》的最強人氣角色時崎狂三來戰鬥。」

這就是起點，而這也是最初的難關。因為本篇作者橘老師已經事先設定好「可使用的子彈」與「不可使用的子彈」，而且幾乎所有的子彈都在本篇描寫過了，所以無法調整。

本篇中的狂三根本是搗蛋鬼……因此她擁有密技或改變時間這種巨大……超強的能力，我心想……這該不會超級難二次創作吧。實際上一開始，我曾經煩惱過：「接下來能將她擁有的能力運用到多少程度呢？」但是從第二集開始，「只要應用這枚子彈的能力，應該就能成立吧？」突然接二連三冒出新點子，橘老師也爽快地許可後，時崎狂三這個角色的戰鬥能力便開始成形。

操作時間、操縱影子、開槍射擊，將這三個動作發揮得如此帥氣的她，無疑是《約會大作戰DATE A LIVE》檯面下最受歡迎的人物吧。

拜此所賜，我寫得真的很開心。說到這裡，當我交出某一集的稿件時，編輯跟我說：「不好意思，我希望狂三每次都能角色扮演……」我驚慌失措地回答：「喔、喔，了解。那這次就先這樣……」事後才領悟：「原來如此……！」對編輯的慧眼感到欽佩。人偶模型的數量真不是蓋的。每次都在我不知不覺時發表、在我不知不覺時販售、在我不知不覺時大賣呢，角色扮演狂三。多變到甚至很難找到沒有做成人偶模型的造型。

順帶一提，角色扮演本身我寫的都是轉得很硬，但定了就定了，所以還滿輕鬆的。不過可能就苦了插畫家ＮＯＣＯ老師。要氣的話，請把氣出在編輯身上吧，ＮＯＣＯ老師。

事情就是這樣，這段漫長的時間……說是這麼說，但還不及《約會大作戰DATE A LIVE》本篇的一半歲月，真的非常謝謝各位的陪伴！

而更重要的是，謝謝本篇完結，也讓外傳完美落幕的橘公司老師。接下來要感謝擔任插畫的ＮＯＣＯ老師，以及本篇插畫的つなこ老師。

也非常感謝耐心等待原稿的編輯。

最重要的，是感謝閱讀完這篇後記而感到滿足的各位讀者。

非常謝謝你們。

少女們的旅程已達終點，日常繼續運轉著，如溫暖午後平靜的打盹一般。

東出　祐一郎

後記
恭喜《約會大作戰DATE A BULLET 赤黑新章》完結!!東出老師以及相關人員都辛苦了！真的非常開心能參與這部作品。感謝這段快樂的日子！
因為是最後了，來畫一下之前不太有機會畫到的美少女響。（跟該系列比）

國家圖書館出版品預行編目資料

約會大作戰DATE A BULLET赤黑新章/東出祐一郎作；Q太郎譯. -- 初版. -- 臺北市：臺灣角川股份有限公司, 2022.09
冊；　公分. -- (Kadokawa fantastic novels)
譯自：デート・ア・バレット：デート・ア・ライブ　フラグメント
ISBN 978-626-321-796-6(第8冊：平裝)

861.57　　111011193

Kadokawa
Fantastic
Novels

約會大作戰DATE A BULLET 赤黑新章 8（完）

（原著名：デート・ア・ライブ フラグメント　デート・ア・バレット 8）

2022年9月26日　初版第1刷發行

作　　者：東出祐一郎
原案・監修：橘公司
插　　畫：NOCO
譯　　者：Q太郎

發 行 人：岩崎剛人
總 編 輯：蔡佩芬
編　　輯：孫千棻
美術設計：吳佳昀
印　　務：李明修（主任）、張加恩（主任）、張凱棋

發 行 所：台灣角川股份有限公司
地　　址：104台北市中山區松江路223號3樓
電　　話：（02）2515-3000
傳　　真：（02）2515-0033
網　　址：www.kadokawa.com.tw
劃撥帳戶：台灣角川股份有限公司
劃撥帳號：19487412
法律顧問：有澤法律事務所
製　　版：巨茂科技印刷有限公司
ISBN：978-626-321-796-6

※版權所有，未經許可，不許轉載。
※本書如有破損、裝訂錯誤，請持購買憑證回原購買處或連同憑證寄回出版社更換。

DATE A LIVE FRAGMENT DATE A BULLET Vol.8
©Yuichiro Higashide, Koushi Tachibana, NOCO 2022
First published in Japan in 2022 by KADOKAWA CORPORATION, Tokyo.
Complex Chinese translation rights arranged with KADOKAWA CORPORATION, Tokyo.

A B